《香港十六年，贈予我的十六個意想不到》

作者 / 張芷樺 Vicky

速熊文化

憑藉此書出版的機會，請容許我表達對以下人士的感謝：

謝謝我的父親和母親大人，給予我寶貴的生命，無時無刻好像大海一樣包容我；

謝謝我移居天堂的爺爺，在美麗星空裡永遠點亮我的心；

謝謝我的先生、孩子和我的每一位家庭成員的寶貴支持；

謝謝曾經教導過我的所有老師；

謝謝大學時期的蔣平教授與鄭軍榮教授，無私幫我的 Mr. Leslie 和我碩士的論文導師 Ms. Anne；

謝謝 Cara，影響我的第一位主管；謝謝過去聘用過我的老闆們 Kelvin & Jason, Anthony & James, Gibert & Evan, Steve & Max；

謝謝 Charles，我前公司的伯樂；謝謝 Mateo，幫我釋放自己的潛能；

謝謝 Mr. Yung & Ms Chung 和你們的團隊，讓我感受到互相支持的真誠和勇氣；

謝謝新媒體編輯可樂，一路以來給我寫作上提供很多意見和鼓勵；

謝謝這本書的編輯 Jeanie ，她和團隊快速又專業，協助此書的出版；

謝謝所有支持和給我寶貴意見以及鼓勵的所有人；

以上不能盡錄。多謝大家給了我一個精彩的十六年，創造了這麼多的美麗回憶。

目錄

自序

2025 年 3 月，我從工作了超過十年的美資公司辭職。在眾人詫異的目光下，離開了這份高薪厚職的工作。

這份工作伴隨我度過了很多人生重要時刻。不知不覺，我已經談戀愛、結婚、生子，告別了整個青春時光。

那晚，我放下門禁卡，腳步輕盈，沉重的木門在我身後砰地一聲關上，好像把青春光陰從此埋葬。

香港這個城市的步調，似乎讓我習慣了離別。

十六年前，我買了去香港的單程票，行李箱裡只有幾件衣服。

我坐在人來人往的車站，忐忑地看著手中的車票。

我第一次去香港，也不會說粵語。從小學到大學，我一直在家門口上學。

這時，我的手機突然響了。母親大人趁有空檔，在電話裡關心了我一下。

她道歉說因為手中的事情太多，抽不到時間送行，一個人要小心云云。

怎知這頭剛放下電話，那頭又響了。那個夏天，我教過一班學生，他們突然打電話給我。

原來他們偷偷問到了我的行程，秘密地從各地趕來送行。

他們確定了我的位置之後，十幾個男孩浩浩蕩蕩地以百米衝刺的速度衝過來。轉瞬到眼前。第一句話就是：

「老師，你不要介意我們人不齊哦。有幾個不爭氣的小子路途相當遙遠。我們湊齊十幾人來為您送行，已經相當不容易了。」

我抹著眼淚，一起享受青春筵席最後的狂歡。

出發前有多喧鬧，到達後就有多冷清。學校是一人宿舍。從走廊看過去，所有宿舍的門永遠是關閉的，空氣是冷冷的。

隨著學業很快結束，學校也發出了逐客令。一次又一次搬家，無形中養成了斷捨離的習慣。

物質是小事。工作簽證續期後，每年都有朋友離港。朋友圈一直在縮小。

當年來香港深造的決定，遭到幾近談婚論嫁的男朋友的強烈反對。因此，我們也好像風一樣，互相消失在彼此的生命軌跡裡。

來香港的第一年，我好像經歷了所有的壞事：失戀、語言不通、形單影隻、被排擠、被同組同學拋下，整組功課的爛攤子自己收拾、被騙財、被人持續電話轟炸心理恐嚇、求職面試被人罵得狗血淋頭，眼淚直流、經濟極度拮据要借貸……等等。

畢業典禮那天，我恍然得知，原來我是同屆畢業生中，唯一拿到「Distinction」（傑出榮譽）的，我才覺得原來這一年過得並不差。能夠堅持下來，我已經給自己交出了一份滿意的答卷。

我們的生活瞬息萬變。很多的固有認知不斷被打破。這些聲音你是否有聽過？

「在香港，不會粵語是生存不到的！」

「香港是一艘沉船，早點離開吧！這個地方現在以後都沒有希望了！」

「香港人很冷漠的，再熟悉也好，他們都會和你保持距離！」

「你裸辭？你知道人資最不喜歡這一種人嗎？這樣你很久都會找不到工作的！」

我們的人生是由很多個選擇組成。我覺得自己是個幸運兒。雖然忐忑踟躕過，但一路上得到很多人的幫助和支持。很多人我甚至不知道他們的名字。

我感謝苦覓第一份工作良久而不得時，坐我旁邊靜靜聆聽、幫我祈禱的陌生人；

我感謝下雨天，聽說我要去面試，特意把車子開在沒有水的地方讓我下車的計程車司機；

我感謝不熟路時，特意從五十米開外跑過來告訴我，路走錯了的陌生人。

謝謝來到香港後，偶然或者必然出現在我生命的人們，讓我真正用心享受香港的人情味。

居住在香港的十六年，出現了很多反差。正因為這樣，才能讓人死心塌地愛上這個地方。

正所謂：「我們可以輕易地離開香港，但是不能輕易地把香港從心裡移開。」(You can take us out of Hong Kong, but you can't take Hong Kong out of us.)

已離開香港的你，祝福在異鄉或者故土一切安好；在香港奮戰的你，共勉。

第一章

新丁必答問題之為什麼來香港？
十年後，這個問題，竟然讓我收到了彩蛋！

你相信緣起緣散嗎？

初到香港，被問得最多的問題就是：「你為什麼來香港？」

剛開始被問起的時候，我有點始料不及。那種千頭萬緒不知如何說起的感覺一直在縈繞。

幸好，多數的場合都是閒聊；搪塞過去，對方也不深究。

一千個人，就有一千個來香港的理由。有的人為淘金，有的人為跳板，有的人為婚姻。這些原因都決定了他們最終是離開還是留下。

而知道這個問題的明確答案的人，對自己是有清晰的人生規劃的。

對我而言，這個看似平平無奇的問題，就引發下面這兩個故事了。故事的上集和下集分別相隔了十年。

香港，這個有奇幻魔力的城市，開始上演它給我準備的魔法。

來香港前，我在家鄉附近的大學修讀，選擇的是英文系。我們有二十多個專業院系。每個院系裡，都有很多英語佼佼者。而衡量他們的英語是否優秀的標準，就是來英文系踢館。這種高手較量在我們校園很是受歡迎。

我也趁這些機會，見過一兩次多位優秀的師兄師姐。當然，是我能叫得出他們的名字，他們未必知道我是誰的那種認識。

因為院系眾多，很多院系的講座或者活動都十分冷門，資訊都只是小範圍流通。

由於在校男朋友是理工院系，我是極少數隸屬人文科學院系，但時不時地去理工院系逛逛的人。

有一次得知理工院系舉行會員周年大會，但是歡迎所有人參加。我的考試期剛結束，暑假也即將來臨，無所事事的我決定過去看一下。

誰知這次偶然的出現，從此改變了我的人生方向。

這個大會不知怎麼的全是粵語愛好者。我當時對粵語不感興趣，也聽不懂他們在講什麼。

突然一片掌聲雷動，有成員說：「現在邀請會長演講。」

我看了看會長。原來來英文系踢館時，我有見過一次，人也挺謙遜的。

還好他的粵語比英文差，他改用國語主持。我開始聽得懂大會在講什麼。

說著說著，他在會員慫恿之下，有點害羞地公佈了自己即將去香港科技大學念書的消息。之後，整個大會沉浸在為會長慶祝的愉悅氣氛中。鎂光燈下的會長迅速被大家包圍。

我看他非常受歡迎的樣子，內心送上祝福之後，就離開了這個喧鬧的會場。

當時的大會成員對香港這個留學目的地的熱度和興奮，給我留下深刻印象。這個小眾的留學選擇，加上會長的加持，看起來是一件比較酷的事情。

當時主流選擇是從商和從政。很多優秀的師兄師姐後來成為大學教授、公務員、律師、商界精英、 任職國家級別重要單位等等。

只是剛剛好，一直在家附近上學的我，想換換空氣和環境。

故此，我一直對會長心存感激。但是第一，我和會長只打過一次照面，他應該連我的名字也不知道；第二，在香港錄取我的學校在熱鬧的市中心，而會長的學校在寧靜的郊外，地理距離相當遙遠；第三，我踏上來香港的旅程之時，會長已經畢業離港，時間線上也完美地錯開。

綜合所有邏輯，我們應該從此相忘於江湖。

九月，剛開學不久。無所事事的我突然想去圖書館走走。按我的認知，圖書館應該只有本校學生才能拍卡入內。

我並非每天去，只是那天的步行距離只有四分鐘，讓人很難想到拒絕的理由。

空出來的位置很多。有一人用的沙發，和不同角落不同長短的桌子。我轉了一圈，找了一個無人的三人桌坐下。我坐在中間的位置。

不一會，我感覺有個男孩輕輕地坐在了我旁邊。我想應該不認識，就繼續看書。

畢竟，我剛來不久。在香港認識的人差不多是零。

過了一陣，我聽到他好像在講電話。在圖書館接聽電話的不多，他聲音很輕，格外柔和清晰。

我聽了幾句，一陣熟悉的感覺襲來，立刻馬上抬頭看了看。

是的！！！會長此時此刻就坐在我旁邊，他還是熟悉的老樣子。

我克制住內心的狂喜。等他講完電話。我觀察了一會。看他好像在忙。我猶豫了一下。我怕自己認錯人，又怕自己放過這次機會。

如果是的話，這可是千載難逢的機會。我終於按捺不住好奇開口了。

他看著我，輕輕地點著頭。淡定優雅的風度還是沒變。

我們出去聊了一會。原來他早已畢業離港。今天只不過是順便來出差。客戶沒有那麼早到，就挑了一個在港鐵步行範圍的圖書館暫時坐著等等。

至於為什麼能拍卡進來，他說有種大學聯營圖書館卡，不受地理限制。

趁著這個難得的機會，我親自表達了對他的感謝。也真誠謝謝他把我帶到香港。

他笑了笑說：

「其實當天我知道你在。 我做了三年的理工院系會長，所有的會員都是我親手逐個逐個招進來的。雖然當時有一百多個人同時在會場，我還是一眼看到了在後排的你。」

我有點受寵若驚。他則繼續說：

「我其實早已經知道你的名字。我也知道你知道我。」

當問起他還有來香港的打算嗎，他搖了搖頭。會長的資歷過人，學業還沒有結束，就已經被用人單位和重要合夥人虎視眈眈，他手中已經有幾份重要的合約在手。他說：

「我今天真的只是路過，也可能是最後一次來香港。」

當天的日期是 2009 年 9 月 9 日。我的日記名字是：《世界就是一轉身的距離》。我寫著：

「每天看到的是變了又變的陌生臉孔，心裡裝滿的是若即若離的迷失感。忽然一張熟悉的、原本以為沒有機會再見的朋友出現在面前，那一秒，我真的是太意外了，太驚訝了。」

緣起緣散的感覺真是奇妙。

年歲漸長，習慣了有些人不辭而別，有些人甚至連好好告別的機會都沒有。我可以得到這個偶然的機會，親自和有緣人道謝，這是一件多麼完美的事情。

有香港這個神奇的地方加持，這個美妙的事情才可以發生。

原來驚喜是會延續的，而我收到的只是第一份驚喜。接下來的故事，時間線已經推到十年後。

十年間發生的變化很多，通訊工具更甚。求學時代用的通訊工具，今天用的人幾乎寥寥。

即使那個昔日的 App 仍然在電話裡，都只是情懷一種。大家不約而同地已經把它集體遺忘，也不會再更新近況。

一個星期六的中午，慵懶的午後，我竟然從這個通訊軟體收到一個消息：

「學姐，你還好嗎？你還記得我嗎？有空一起出來吃個飯？」

我很愕然。這種對話一瞬間帶我回久違的求學時光。

我突然記起了這位學妹。學妹是那一年的學業佼佼者，堪稱系花級別的存在。不僅學業成績驕人，才藝更是出眾。她彈了很多年的琵琶，氣質優雅高冷。

我們有打過一兩次照面，但基本上沒有怎麼交流過。有時碰到，大家只是輕輕地淺笑。

我很愕然這麼優秀的學妹怎麼會記得我，更愕然的是，原來她在香港這麼久了。

我們就近約了一個地方見面。她的樣子還是那麼可愛甜美。她原來已經結婚了，更在一家老牌精英中學擔任英文老師。

她分享了很多學校的趣事。說著說著，她談起了未來的計畫：

「我先生已經去美國讀博士了。我預計很快也出發去美國，陪陪他也好，繼續修讀博士也好。雖然很不捨香港的人和事，但我預計很快從這個學校離開。既然結婚了，要在人生的道路一直走下去，最好大家就在一起。長期兩地分居，尤其是我和先生分開的這兩年，我過得很孤獨，生活好像和單身也沒有什麼兩樣。」

然後，她道出了當年求學時期的光景：

「當年我比較害羞，每次看到學姐都不敢稱呼，只是顧著傻笑。但其實我一直知道你，並以你為榜樣。畢業季，我懵懵懂懂的，也不知道自己將來會去哪裡繼續求學。

我甚至不知道有香港這個留學目的地。學姐你畢業的那年，我從教授耳中聽說學姐去香港留學了，我就毫不猶豫地追隨來了。

其實這頓飯的緣起，是因為我可能不會再呆在香港，我怕以後都沒有機會向學姐道出我的感謝。謝謝學姐你當年把我帶到香港。」

我很慚愧。我並沒有她說的那麼重要。我祝福她將來一切順利。在那一瞬間，我想起了中學時期參加的運動接力賽。同一隊的跑手就這樣一個接一個的，把手中的接力棒傳下去給下一位隊友。

而每個人，原來被老天安排同時成為了追隨者和信使。

第二章

老師只教了我幾個月而已，
中間發生了什麼事，讓我銘記一生？
拜託！不要再說香港沒有人情味了！

不要在別人五光十色的菱鏡裡，偷窺屬於自己的香港。

剛落地香港，對當地文化一無所知。不時身邊會有很多人說：

「不要看香港人表面客客氣氣的，其實他們很冷漠，不要抱什麼期望。」

「完成了學業，最好馬上離開。我們外來人，很難融入當地的語言文化。」

第一個月，的確有點水土不服。不過香港人的禮貌和真誠讓我開始卸下心理防線。

反而回到宿舍，對著一扇一扇緊閉著的門，我有種手足無措的感覺。

課程大部分在夜晚。白天空出來很多時間。學校有不少短期課程可以選擇。我選擇了一個為期幾個月的粵語培訓班。

任教的粵語老師經驗豐富。他的國語只有零星的粵語腔，講得相當不錯。

除了豐富的知識對我們大有裨益之外，他也非常友善。每一次課程的最後，他總是說：

「你們在香港人生地不熟，有困難就找我。這是我的手機號碼，除了淩晨時分我需要一點睡眠時間，其他時間你們隨時都可以聯絡我。」

說得多了，我們都只是當錦上添花。沒有人覺得是認真的。

況且，這門課程是選修，對學分和學業表現也沒有任何影響。

一個十月的午後，我想去散散心。聽說尖沙咀的風景很漂亮，我於是來了這裡走走。

過去短短的兩個月，我接受過很多當地人的幫助。我一廂情願地認為所有香港人都是不錯的。

誰知，在路上我被一個陌生人以一個藉口搭訕，之後被帶去了一個地方，又被裹挾去了另一個地方。

我留下了人生的第一筆重大消費後，能夠離開的時間已經是傍晚。

他們給了我一個美麗的理由，讓我當下沒有意識到自己其實是受騙了。但一回到學校，我才驚覺事情不對勁。

在那一刻，我有懊惱、有憤怒過自己的不爭氣、有懼怕之後陸續再被人找上，有愧疚自己怎麼無故花了這麼一大筆錢。

我完全不知道自己應該怎麼做。在此之前，我沒有把香港和詐騙聯繫起來過。

學校安排的宿舍是男女、碩博混搭。我想著雖然誰都不認識，但無可奈何之下，不如碰碰運氣，看看誰能給下意見。

同層有位男生在讀博士，算是點頭之交。我於是嘗試敲門，問問他的意見。

在門外，不知所措的我把所有的眼淚都收好，假裝什麼事都沒有發生、輕鬆自如的樣子。

他甚為友好，邀請我進來坐坐，聽我講完故事後，有點為難地說：

「嗯，這事其實我也幫不到忙。況且你好像看起來也沒有身體的傷痕。天色很晚了，我這裡也不方便，快回去休息吧。」

我感謝他的時間。但是那晚，我真的睡不下。

晚上十點十分，我想了又想，好像只有粵語老師能夠給意見。

課堂裡有上百個人，老師不一定記得我；即使仗著這種八竿子打不著的關係聯繫到他，他也沒有義務一定要幫我。再者，師兄說的也沒錯，這事誰也幫不到忙，找人也於事無補。

最糟糕的是，這麼晚了，學生有事要找老師這個理由雖然是事實，但是性別不同，聽起來氣氛也怪怪的。

電話接通了，很快響了第一聲。我想著如果過了第三聲都無人接聽，我就馬上掛掉這個令人尷尬的電話。

第二聲響了，傳來老師熟悉的聲音。我結結巴巴地問了聲好，再自我介紹了一下。那頭老師的聲音十分親切：

「哦，是你呀。我有印象。你的粵語不錯的。你碰到了困難嗎？這樣，我們明天出來見一見吧？」

就這樣，我們約好了時間地點。電話僅僅用了一分鐘就結束了。那天晚上，那種踏實又期待的感覺，讓我好好休息了一晚。

第二天，我按照安排的時間地點出現。這個地方位於學校的中心地帶，人流川流不息，但鬧中取靜，中間有很多沙發可以隨意坐著，聊天也好，做功課也好。

老師按時出現，遠遠地朝我親切地揮了揮手。

我們會合後，一起步行到最近的沙發前方。很奇怪，老師一直堅持不坐，而是做了一個「請」的姿勢，讓我先坐。

不是需要尊師重道嗎，我感覺如果我先坐很不尊重老師，於是擺擺手，讓老師先坐。

老師這時友好地笑了笑說：「你是受害者，是今天的主角。你先挑個喜歡的位置坐下吧。這樣我們才能放心慢慢聊。」

我於是坐下來準備。老師看我穩穩地坐好了，沒有左顧右盼想著換其他的位置。他確認局面大致穩定了，嗯了一聲，再緩緩地、穩穩地退後一步，在相隔一個沙發的位置，挑了另一張沙發坐了下來。

我有點驚訝老師細心體貼的安排，也不由得佩服老師行動上的智慧。第一，這是我們第一次、而且還是單獨碰面，讓人感覺既尷尬又帶點熟悉。選擇的地點是我和老師都非常熟悉又熱鬧的校園，並非其他容易讓人誤會的陌生的地方。這給將要進行的長時間談話，創造了非常友好安全的環境。

第二，老師特意隔了一個位置坐下。一來基於我們真的不熟；二來也避免了不必要的、因為不同性別或者師生關係的誤會而造成的尷尬局面。

第三，這種若即若離的位置安排，剛剛好能清晰聽到對方的談話之餘，又保持談話的私隱度。

能保護好他人又同時能保護好自己，這就是我來香港上的重要的第一課。

我們的談話進行了三小時。老師不藏私地分享了很多在地人才知道的反詐知識。最後，他確保了我的精神狀態良好，才在我的要求之下，結束了這場談話。

整個過程甚至沒有任何埋怨和絲毫指責，只有感同身受和專心聆聽。

兩種談話過程，都給了我及時的心靈支持。而後者的細膩、認真、窩心、具備強烈同理心的談話風格，一直讓我深受觸動。

此外，老師在傳道授業解惑的事業上，說到做到、恪守紳士風度、只求助人不計回報的個人風格，也讓我由衷地佩服。

在香港求學的那一年，也發生了另外一件事，讓我感覺，我很幸運，在香港遇到的老師不僅僅會教書育人，而且會「讀心」。

有一次在距離交集體報告的死線只有兩天的情況下，屬於四個人的集體功課，突然發生了一些預測不到的小變故。

同組有三個組員。一個突然選擇轉換組別離開；其他兩位組員推搪全職工作太忙，幾乎失聯。

我用了一天的時間嘗試聯絡各位組員。決定離開的這位組員，我費盡唇舌想要她歸隊，無奈對方的態度相當堅決；一次勸說不成，後來的電話全部是無人接聽的狀態；另外兩位有全職工作、無暇兼顧功課的組員，一個則完全失聯；另一個基本上保持口頭上萬事好好好、行動上做事零回音的狀態。

死線逼近前的24小時，我終於認清了現實：說好的集體功課，已經變成了單人功課。我不期待有任何奇跡發生，於是開始了我這部分的行動。

我首先最後一次致電一心離開、頭也不回的組員。雖然如預料般的拒絕接聽，我留了口訊，確定她離開的消息已經收到，並謝謝她的告知、希望她的功課進度順利；

我給完全失聯的另一位組員留了第二個口訊。我通知他：

第一，基於之前的會議，大家共同商議的、每個人負責的部分，在漫長的準備期過了之後，即整整三十天，一直沒有等到屬於他那部分的任何產出；

第二，在死線逼近的時候，耗了一天組員的時間，打了一天的電話也無法聯繫，所有組員無法跟進他這部分絲毫的進度和情況，所以基於資訊無法對等和公開，導致這份功課極有可能產生不合格的結果，他已經自動出局。

第三，在剩下的有限時間裡，如果事實是他真的是已經完成功課，只不過因為不可抗的條件而導致無法聯繫我們的情況產生，我們表示抱歉並建議他可以自行選擇以單人方式完成這項本應是集體功課的部分，並向老師說明情況；至於我們這邊，基於他已經自動出局，我們會停止任何更新，最後產出成果上不會留下任何他的名字。

至於這三個人中，唯一能夠聯繫得到的、僅剩的最後一位組員，我通知他：

首先，我向他承諾，盡力在死線前，完成與這份功課有關的所有報告、新聞稿和信件，並且一定會寫上他的名字，也不會告訴老師任何有關的事實真相，從而導致他最後的成績可能受到絲毫的影響。

這個方法，他可以安枕無憂地完成他最重要的全職工作，又不用付出任何努力，輕鬆拿到一個至少體面的成績。

但是作為交換條件，由於時間緊迫，我們沒有任何團隊商量和改動的時間和溝通成本。他只能選擇完全信賴我獨立完成所有工作；中間無論做成怎樣，他首先不能添加任何的意見，其次不能追問我任何的進度；而只能在正式做報告前，拿到我的成果，再著手進行準備。

這位組員聽到我這樣說，如釋重負得呼了一口氣。他說：「沒問題呀，我早就看你行了。」

掃清了所有外在因素的阻礙，我開始在剩下的二十四小時內，完全閉關。戒飲戒食、不眠不休。

我其實不知道結果會是怎樣，但我不想坐以待斃。

從早上到中午，中午到晚上，晚上到淩晨四點，我終於完成功課的輪廓了，稍微潤色一下就大功告成。交功課的時間在早上九點。我想著一天沒睡了，先用兩個小時補補覺。精神萎靡的話，可能影響現場的報告成果。

淩晨六點鐘醒來，誰知電腦竟然在這個時候，藍屏。我強壓著心中的驚慌。

我坐在位置上惆悵地等了半個小時。還好最後電腦算爭氣，終於有畫面了，但是保留的資料非常少。

我想著趁記得多少就寫多少。不過在開始工作前，我先備份一下。

早上八點三十分，我拖著疲憊的身軀，把定稿帶來教室；早上九點鐘，我的組員姍姍來遲，我把帶著機器餘溫的紙質報告和所有成品放在他的手上，他的眼中閃爍著驚訝和驚喜。

我用僅剩的力氣，和組員一起完成報告。

那天的老師似乎不一樣。平時嚴謹非常的她，卻平靜地對著我們面帶微笑。她坐在椅子上認真專注地聽完了整個部分的報告，結束後一直拍手掌，並開始評價我的表現。

老師當天喋喋不休地、把整個學期從來沒有對我說出口的讚美話語，在那一天全部說了出來。開始的時候，我還覺得挺中肯的，漸漸的我覺得有點偏離事實了。我甚至有一刻懷疑過：「老師，你什麼時候才肯停？還有，你確定你說的，真的是我，不是別人？」

最後老師給我和組員的成績是 A；而過檔的組員，他拿的是 B。

當天的表現，其實真的全靠老師幫忙。當我疲累地站在臺上，和老師對視的那一秒，我相信她一眼看出了我的故事。

她的眼裡亮晶晶的，閃爍著鼓勵、安慰和慈愛的光芒，那種眼神突然給我注入了很大的力量，讓我的疲憊一掃而光。

那種「辛苦了，我懂你」的奇妙感覺，讓我那天的發揮好像如有神助。

人和人之間的聯繫，一個眼神，已經神奇地心領神會。

第三章

組員的年級和班別全都不一樣，
是什麼讓這段求學友誼保鮮十六年？
傳說畢業等於散夥，怎麼又有彩蛋在等我？

我們在這個城市，本是萍水相逢；
因為我們珍惜，才走到了現在。

初來香港，我對自己的人生是毫無規劃的。我不知道我想不想留下，以及香港會不會讓我留下。

我只是簡單覺得不能丟棄學習語言的機會，尤其是在香港不學粵語，簡直是入寶庫卻空手而回。

除了理論學習班，我還參加了一個實踐學習班。這個學習班的主題就是一個字「玩」。

老師是一位居港多年的北京人。第一堂課他說了很久地道的粵語，唬得我們不敢出聲。結果他一轉成京片子，我們全體哄堂大笑。

這個課堂一半是想學國語的本地學生，另一半是想學粵語的外地學生，來自不同年級不同專業。

第一堂課，老師讓同學們自由組隊。原來不少同學都認識彼此，所以大家迅速組成了屬於自己的團隊。

我環顧一下課室，很快只剩下零零星星幾個、類似我一樣不認識任何人，孤獨地觀望著。我心急如焚又不知道應該怎麼辦。

這時，有位頭髮短短的可愛女生正在努力地穿過一個又一個同學的後背與椅子中間的窄縫，艱難地一直向前走。就在我想著她什麼時候才停下的時候，她來到我的面前，嘗試用國語叫出我的名字。我喜出望外。但看了看，對這位女生完全沒有印象。

她道出了原委。原來是宿舍同樓層的女生，聽說我們來自一樣的家鄉，又同時報讀了這個課程，就自告奮勇來主動接觸我。

這個女孩叫做莉莉，就讀碩士翻譯系。相同的學術背景、相同的家鄉、相同的語言，很快拉近了我們的距離。

國語幫的人數夠了。我們現在要做的，就是尋覓粵語幫的加入了。

大家這時已經各自打得火熱。偌大的教室，只有牆角處最後一排的一位男生和一位女生似乎正在悠閒地攀談。

我於是徵詢莉莉，可不可以試試看。如果被其他同學搶走了，而沒有粵語幫的加入，那我們的功課就沒指望了。莉莉點點頭。於是我們又穿過一位位同學的後背和椅子之間的窄縫，艱難地擠出去，再從前排一直走到後排。

我還記得第一次見到這兩位本地同學的樣子。遇到他們的那一刻，我就有一種奇妙難言的感覺。他們非常友善愛笑，當即點頭默許。就在莉莉和我為成功組團而雀躍時，我們同時也迎來了一位上海女生的加入。

就這樣，我們一行五人就成功組團了。老師過來確認我們是否已經成功分組，並建議大家現在選擇組長。

由於組長人選必須對香港的認識程度很高，我們一致推薦兩位本地同學擔任。

男生叫做 Wing。他很英俊，還很健談幽默，經常讓我們捧腹大笑；女生的名字叫 Emily，她笑起來有可愛的腰果眼，她喜歡靜靜地聽所有組員說話。

Wing 很有紳士風度，他認為組長這個榮耀最好給女生才適合。所以在沒有任何人反對下，Emily 成功地當選為我們的組長。

接下來的任務就是在下一堂課開始前，每個星期定好要去的地方，然後組織一份報告，在課堂上分享學習的粵語和國語的新知識點。

第一堂課結束，我們聊了聊為什麼選擇這個課程。原來 Wing 和 Emily 已經是大學本科修讀的最後一年。我們的心態都一樣，認為就要畢業了，趁著校園時光不多，把想學的東西儘量學起來。

上海女生叫做 Vivian。她是一位非常文藝、眼睛大大會說話的可愛女生。她就讀的是碩士創意媒體系。

讓我們國語幫驚訝的是，兩位這麼有默契的本地代表，原來來自不同學系，並且和我們一樣，也是剛剛認識的。

大家的年齡相仿，合作的契合度也非常高。我們就這樣打著做功課的名義，進行了一次又一次香港本地遊。事實證明 Wing 的眼光果然非常準。組長 Emily 雖然話不多，但是非常負責，每次安排都幾乎完美不出錯，實在是勞苦功高。

而 Wing 對國語學習的積極性相當高。只不過每次講國語，都被我們國語幫帶偏變回了粵語。課程結束之後，看起來總是嘻嘻哈哈的 Wing，真的繳了那筆不便宜的報名費，報考了國語資歷證書。

考試雖然通過了，但是沒有達到自己要求的級別。他沮喪的樣子讓我們很是內疚。

其實 Wing 和 Emily 學習國語，和我們學習粵語一樣，沒有什麼目的性。大家只是因為純粹的喜歡，才開心地聚在一起。

這段日子為我枯燥的求學生活增添了很多色彩。但時光飛逝，三個月課程很快結束，集體活動也暫時中止。按常理，這個團隊很快就會解散了。

聖誕節的結束意味著下學期的開始。翻譯系的莉莉開始問我，有沒有興趣旁聽翻譯的課程，因為本院校的翻譯課程是本港數一數二的好。

我當然不能抗拒這個誘惑。就這樣，我們開始了屬於兩個人的香港本地遊。莉莉承繼了 Emily 的風格，每次都主動做功課，帶著我到處在香港跑了兩個月。直到畢業論文忙碌期和尋覓工作期才告一段落。

炎熱的七月很快到來，宣告了我們的畢業。莉莉和 Vivian 也宣佈了即將離港的消息。我們決定一行五人好好道別。

分離的鐘聲響起了。我們趁有機會，問起了各自的生日。我到這一刻才知道：聰明伶俐的莉莉，不僅和我來自同一個家鄉、同一個城市、而且我們的生日就在同一天！

我從來沒有想過，在求學時期正式宣告結束的時候，竟然遇上唯一一個、也是最後一個同月同日出生的同學；而這位同學，就是經常黏在一起、陪在身邊的密友。這個為我準備的彩蛋，真的是讓我驚訝又驚喜。

每一年，我們都會在生日那天，同時慶祝自己和對方的生日。

我想這種互動，應該是一輩子的了。

那個畢業季的夏天，我們選擇了登打士街一間樓上餐廳，聊得很晚。大家一起幫我和莉莉慶祝了生日。

對於我，這個生日的觸動尤其深。由於家庭的儀式感不重，我一直沒有正式地過一次生日。

我以為青春已經散場，遺憾就這樣塵封。卻毫無預備地，迎來在香港的第一個、也是我人生中的第一個生日會。

那一刻，好像全世界的溫柔都把我包圍，我所有的遺憾都已經療癒。

Emily 在我開始準備切蛋糕時，溫柔地旁提醒：「小心不要切到底哦，否則會嫁不出去的。」我嚇出了一身冷汗，大家也一起開心地笑起來。

末了，主意多多的 Wing 突然拿出來五個外面是可愛粉紅色的小袋子，開心的說：「我們現在來完成團隊解散前的最後一項工作，看看這些袋子裡的東西組合起來是什麼。」

我們很快拼出來，原來是我們五個在心型的外框裡、笑靨如花的臉，下款是友誼永遠。Wing 說還有個小驚喜，就是小粉袋裡，還有寫給每個人的親筆信，不過他堅持要大家離開了這裡才能閱讀。當被問到他怎麼把五個相同的袋子分配給正確的人時，他露出了狡黠的微笑。

那天晚上旺角的空氣好像都是甜甜酸酸的。我在日記中寫道：

「在回來的地鐵裡，我打開 Wing 寫給我的信，裡面竟然是在這個年代不多見的、寫滿整整兩頁紙的信箋，還有一個寫了回郵位址的信封。很久沒有大半夜這樣回家了。在午夜昏黃的燈光裡，我看完了手中的信，發了半天呆。我想，就像信裡所說的：我們在這個城市，本是萍水相逢；因為我們珍惜，才走到了現在。一年了。我們從去年的秋天，從不熟到這樣慢慢熟悉。謝謝很有心的各位，還有莉莉，祝我們一起生日快樂！！！」

莉莉之後每年都會堅持來香港一次；很可惜， 回去上海的 Vivian 漸漸失去了聯絡。Emily 和 Wing 都還在香港，上進的他們兩年後各自修讀了碩士課程。如果有天我們可以全員聚首，那就是全碩班了。留在香港的我們一起見證了彼此的重要人生時刻。我們會不時互相更新一下近況。

在香港這個神奇的地方，原來一份永遠保鮮的友誼，竟能在不經意間撞個滿懷。

第四章

誰說不會粵語就等於工作難覓？
想不到吧，粵語最好的反而最先離開？

把心打開了，做什麼事情都超開心。身邊的能量也不一樣。

來香港不會粵語，是好事也是壞事。莉莉和我之所以有很高的興致到處走走，就是因為我們對這個城市一無所知。因為來港只有幾個月時間，想要盡可能吸收多一點的知識，和體驗多一點的本土文化。

我們因為這樣也創造了很多獨家回憶。有的地方再回看時，已經物是人非，也讓我們十分唏噓。

如果僅僅是旅遊、交友的層面，我們的粵語是夠用的。但幾個月後，以畢業生身份開始打滾的我們，要和本地畢業生用粵語同場較勁，我們則完全沒有勝算。

畢業後的同學主要朝幾個方向分流：

第一，極少數同學在來香港之前，便憑藉良好的社會資源和顯赫的家世，嫁入豪門享受生活；也有些人學歷優秀，畢業前已獲本地機構錄用，只需安心等待畢業證書；

第二，有些同學來自資源更豐富的城市，或本已有待遇優渥的工作，則懷著一身所學，回報家鄉或原任職的單位；

第三，立志在學術道路上繼續深造的學術精英，則在香港鍍金之後，立刻踏上歐美的求學之路，修讀博士或者博士後。

進入香港的那一刻，財富社會資源的高低分配和自身的認知，已經暗暗地決定了最終結果。

而我的選擇則是「以上皆非」。拼資源，沒資源；拼財力，沒財力，什麼都沒有的背景下，只能做打不死的小強，不斷在重複「今天覺得自己撐不住了，明天天亮了又是新一天」的循環中反覆掙扎 。身邊質疑的聲音隨著時間的累積越來越多。

這段最難熬的時期，我在日記裡寫道：

「我靠在牆上，那種無望和無助的感覺侵襲了我。我第一次感覺，我在這一天，什麼都沒有。我很怕，在街頭，彷徨、無助。我永遠都不會忘記。在這個陌生的城市，我很害怕，可是，我害怕有什麼用？」

在香港苦苦支撐的，除了我，還有另一位粵語是母語的女生。

這位女生溫婉細緻，性格極好。每次集體出行，都是她幫忙給大家做翻譯。我們十分確定她是一顆滄海遺珠。

果不其然，這位女生很快找了一份地產的工作，也順利地拿到了第一個月的薪水。我們一致認為她也會繼續留下。

誰知她很快通知我們準備要離港了。我們愕然的同時，唯有一起幫她準備行李。

她的性格還是那麼溫婉愛笑。只是言談之間有點惆悵。原來尋覓工作的時間已經用了三個月。家中對無止境的經濟協助也略有怨言。雖然找到的工作已經比一般人好。但是基本薪水根本不夠付房租，更無法支付其他費用。

離開的同學們，後來的發展也非常不錯。有了本土之利，家庭、事業開始起飛，沒多久就邀請我們去參觀面向無邊海景的超大房子。

香港是生存，生活在別處。

從三月到八月，我苦苦熬了半年。終於在一位離港同學的引薦下，獲得了人生第一份工作。這僅僅是一份兼職，已經讓我的幸福感爆棚。

而關於我面試的表現，人資對我的粵語不以為然。而英文的部分則交由英國主管親自操刀。主管對英文部分大加讚賞。人資雖然持不同意見，但在主管力薦的情況下錄用了我。

回看這一課，原來很多人都曾經經歷過。高考尖子、劍橋畢業、美貌如花如十優港姐冠軍麥明詩，回港就業也曾經歷過整整一年的低潮期，最後不得不通過參選港姐改寫人生。

智慧如她，成名後創建了一家公司，為畢業生鋪好更順利的路，讓企業更早看到他們的閃光點。這就是「堅強的人為自己奮戰，更堅強的人為他人奮戰」的實踐版（Strong people stand up for themselves, stronger people stands up for others）。

兼職順利地開始了幾天，我寫下了一篇長文，字裡行間全都是劫後餘生的幸福感：

「下午六點鐘的灣仔地鐵口，我手裡抱著奶茶店新出的檸檬可樂，在十字路口看著古舊的叮叮車在車軌上慢慢前行。

匆忙的行人來來往往。想起初來的那天，這個地方真的是讓我一秒身處香港電影拍攝現場。

我覺得我很幸福。而且，我時時刻刻覺得自己很幸福。

比如每天早上我必喝的港式熱奶茶。在這個匆忙的城市裡，當行人的腳步早早穿行而過，我總會到樓下的茶餐廳排隊買杯奶茶。

這家看起來老舊的攤檔，奶茶茶香濃郁、奶味十足。叫號的那位大叔因為我粵語不標準而特別注意我。我只好說，我真的很喜歡你們的奶茶，所以粵語不好也天天來買。他聽了感動得稀裡嘩啦，給我泡的那杯奶茶也特別地香醇濃厚。

而我的主管 Cara 最喜歡星巴克的咖啡。每天早上她一定要買一杯星巴克的咖啡，貼在臉上，用杯子的餘溫叫醒早上的自己，再一邊看郵件一邊慢慢喝。

每天中午的時候，我會下樓，感受一下外面沒有空調、暖暖的陽光。樓下是太原街，有很多便宜的小東西，也有很多外國遊客。我手裡照樣捧著一杯熱奶茶，在陽光充足的街道慢慢來回走一遍，再回去工作。雖然只有五分鐘，我覺得那時的自己很幸福。

覺得幸福的，還有和主管的默契。我對自己的表達能力有信心多了。主管對我總是鼓勵，但其實她自己做的更多、更盡責，每次都貼心的為我設想。什麼不會的都會耐心地教導我。今天我終於把演講嘉賓的自我介紹和照片要到了，她雖然在打電話，看到我的郵件，一隻手很快地伸出來對我豎起大大的拇指。那一刻我超開心，我想我對她的笑肯定也超燦爛。我感覺她不是我上司，我們更像朋友。

令我覺得很幸福的，也有我在澳大利亞的主管。時差的關係他經常早上在睡覺。但是當上個星期，他竟然突然本人現身在我面前，熟悉的聲音和真人聯繫在一起，我卻發現他一點架子都沒有。他從不在乎我對金融一竅不通，總是耐心為我解答疑難，還會主動補充相關背景資料。他還把我介紹給本地電視臺的資深編輯，一點不當我是透明人。資訊的便利，讓我們雖然在不同的城市工作，我依然感覺得到他的認真和負責。

最幸福的還是和朋友在一起。我覺得把心打開了，做什麼事情都超開心。身邊的能量也不一樣。我覺得我不該再一個人驚慌失措，一個人悶在角落裡受罪。」

兼職結束之後，我和 Cara 還偶有聯絡。她經過十年愛情長跑，回到英國，嫁給了她的初戀，最終離開了香港。

第五章

公開徵婚，非誠勿擾？
傳奇的女子，我等她這個故事等了十年

有些人讓事情發生，有些人見證事情發生，而有些人連發生了什麼事都不知道（Some people make things to happen; some watch things to happen, while others wonder what has happened）—— Eleanor Roosevelt

如果有一天，出發去一個人生地不熟的地方，感到驚慌是再正常不過的事情。

基於抱團取暖，出發來香港前，我也有樣學樣地嘗試在留學網上發帖，看看有沒有同學年同學校的新生。

回我的只有一位。她的英文名叫 Waiting，就讀我的隔壁院系，英國文學系。

我們沒有實體碰過面，只是在社交網路交換了資訊之後，就此終止。落地香港後，雖然有想過重新接觸，但是我們隸屬不同

院系，上課的時間和教學安排完全不一樣；我們沒有任何私人聯絡方式，也沒有見過本人，即使碰面，能認出的機會應該微乎其微；最後，我只是基於出發前的恐慌而和她相互取暖，已經落地了，再取暖就說不過去了。

來香港的第三天是開學人流旺季。學校到處浮現長長的人龍。就連進入圖書館都必須在長長的人龍後面長時間排隊。

雖然覺得浪費時間，但是還是得照規矩排好隊。

排我前面的是一位長髮飄飄的文靜女孩。大家因為無所事事，有的人在互相搭嘴。此起彼落都聽到粵語。

前方的女孩一直靜靜地在隊伍裡等待。這時，排在女孩前方的男孩，開始環顧四周。發現了女孩之後，他轉過頭來，用國語和女孩攀談：「請問你會說國語嗎？隊伍這麼長，你知道要等多久嗎？」

女孩禮貌地說：「我也不清楚，開學真是人多呀。」

男孩於是繼續這無聊的聊天，聊起他的學系，再問起女孩的學系。我聽到女生說是英國文學系的時候，突然腦中叮了兩下。

一直沉默的我，鼓起勇氣問女孩：「請問你是 Waiting 嗎？」

女孩看了看我，沉著地說：「我是。哦，我們之前在網上有聊過是嗎？」

我們竟然以這樣的方式實體見面，在沒有任何準備之下而如此有緣，我們都感到意外。於是，我們這次交換了聯繫方式。她略微談了談她的感情狀況。原來她的男朋友是劍橋畢業的本港大學教授。聽到這裡，在她正前方的男生突然沉默不語，別過臉繼續默默排隊。

一個學年過去了，我沒有再偶遇到Waiting。畢業季殺到了，她提起自己已經因為一些事情和男朋友分手，並且準備離港。我想她應該很難過，就嘗試安慰。但她說這段時間比較忙，有空再找我。

四個月之後，Waiting 突然聯繫我，邀請我跨城參加她的婚禮。嚴格來說，我們只是認識五分鐘，能夠收到婚禮邀請，我覺得挺榮幸也挺奇妙的。

更奇妙的是，在僅僅四個月的時間內，從拍拖、讀書、畢業、到與舊愛分手、離港、在新城市安頓下來、再到與準先生結婚，整個過程好像按下了人生加速器。我帶著祝福和好奇參加了他們的婚禮。

出席賓客眾多，婚宴上的新郎看起來深愛著美麗的新娘。他的臉上，寫滿了對明天的承諾和對另一半的專一，也在中間的敘事部分，真摯地哭得稀裡嘩啦。

能夠見證有緣人的重要時刻，聽說她在新城市的生活安好，我已經知足了。我們在不同的城市，各有各的生活，各有各的忙碌，我預計自己永遠不會得到這段美妙良緣背後故事的解答。這段美好的回憶就此塵封。

六年後，變成社畜的我每天都忙著在生存線上奔跑。有一天，我突然再得到Waiting的消息，說已經返港工作，有時間再聯繫。

我興奮不已。我希望這次她真的在香港停留下來。再次接觸的時候，距離畢業已經十年，我們終於有時間出來見面敘舊。

談起當年的往事，原來作為當事人，她也對分手感到意外。雙方本身感情穩定，只要父母點頭，親事就沒有問題了。婚禮也定下了日子。

畢業的前兩個月，終於安排親家見面。而這變成了分手的導火索。

男方父母頤指氣使、盛氣淩人，認為女性只能做賢內助金絲雀。這種強勢讓她決定主動揮刀斬斷這段情。

良好的感情必須建立在雙方平等的基礎上。不論現有薪水高低、男女差異，高學歷女士同樣可以平等地貢獻社會， Waiting用行動寫下了她的反抗宣言。

失戀、畢業季的傷感、孤單影只、跨城搬動行李的辛苦……換成另外一個女子，早就壓垮了整個人。

而Waiting是一位鶴立雞群的女子。獨立、有主見、有智慧就是她最閃亮的招牌。

難得的是，她認為這是一個挑選真正匹配的夫君的絕佳良機。

她梳理了現狀，理清了三個事實。

第一，偌大的行李，一個女生全過程搬來搬去肯定非常吃力；

第二，基於天生的力量不同，她撇除女生，目標人選定在了男生；

第三，每個人都是現實的。沒有人願意去主動承擔這麼辛苦又沒有任何報酬的工作。

與其把真正的目的遮遮掩掩，不如來個正大光明。接下來就是反傳統的一刻。

Waiting在大學聯網討論區裡，撰寫了這樣一封傳奇的帖子：

1. 本人女，希望儘快在港覓得一位合眼緣的夫君，故此帖有效期僅半個月；

2. 如有興趣的男士，可以親自見面。本人承諾，應聘會本著嚴選夫婿的標準進行；

3. 應聘若成功，還得考慮是否願意接受終極挑戰——免費、全程搬運本人的畢業行李；

4. 如果該考驗表現良好、搬運行李的工作也順利完成，本人鄭重承諾，一定會兌現這個重要的人生約定。

如此傳奇的帖子我想是奇文一則，萬中無一。也沒有想到，畢業季對於普通畢業生是綿綿不絕的焦慮和憂愁；對 Waiting 而言，最忙的工作反而是面試自己的未來先生。

帖子裡沒有佳人的照片，但願意嘗試一次從而告別單身的男生蜂擁而至。Waiting 說電話一直響，面試的時間都安排不過來。

不意外地，有興趣的男士，都來自各大院校，學業成績都非常好；出乎意外地，能夠和陌生人好好說話、有正常交際能力的不多。有個男生提前練習好了深情的對白，但是見面的時候卻沒有任何表情，只是顧著全程看地下、攢著衣角說話。

「通過第一重面試，我篩走了只會做口頭承諾，而不願意用實際行動付出的男士；或者只會用花言巧語，實則是花心大蘿蔔的人；或者對自己完全沒有自信、或者太自負的人。

而第二重安排的搬家測試，也是重要的考驗。大家平時都是顧著讀書，看不出來身體是否孱弱不堪。搬家功夫首先程序非常繁瑣，消耗的精力和時間也相當多，體力和耐力的考驗非常大，很多部分也必須雙方有商有量、敲定細節。如果他不能完成，或者不願意完成導致半途而廢，那其實也是他誠意不夠，也不合格。

最後，我立下結婚這個承諾當誘餌，看起來兒戲，其實非常認真。我自己注入了百分百的誠意，也希望吸引真正有誠意的男士。這個承諾給有心人士一個動力，考驗這個男生，是否真的為了這個可能實現的人生目標，願意嘗試、願意承擔風險、願意付出時間，因為將來我們很長時間都需要為另一半持續付出。」

事實證明，Waiting 的眼光非常不錯。今年已經是他們結婚的第十五個年頭了。

第六章

畢業旅行：目的地臺灣。
這個決定竟然讓我開啟了瘋狂來臺模式？

旅行的時候，一個想法總是在盤旋：「我還會來這裡，這裡的東西我還會看到。」

畢業季找工作屢屢被拒，讓我身心俱疲。莉莉有個好提議，不如動身去臺灣，換換心情，順便來個畢業旅行。莉莉的家庭背景比我更好，選擇離開十分從容。她手上已經有離港的時間表。

分別的日子在即，我也十分珍惜與她共度僅剩的時光。雖然手頭十分拮据，我想著只要沒有彈盡糧絕的一天，就有希望。帶著希望，玩過後，繼續回港奮戰。

沒去過臺灣的我們，在圖書館紙上談兵地做了一些攻略就出發了。

我們沒有太多盤纏。每一餐、每晚酒店、每一程交通都相當節省。我們有時睡著有蟑螂屍體的平價酒店，輾轉反側。無憂無慮的我們當作是難得的機會，開心地聊一晚，再踏上第二天的新旅程。

臺灣的天氣很好，人也不錯。最開心的，是可以回到一個自如講國語的環境。我們十分輕鬆。

而和香港不同的，臺灣除了有國語環境、親民的物價、還有非常友好樸實的臺灣人。

我們出門才剛在地圖上比劃，馬上有個穿著校服的男生過來問我們是否來旅遊，是否需要幫忙指引路線。

當我們去了臺中，深夜時分沒有任何交通工具，悵惘不知如何是好，身邊的女子察覺後，立即打電話叫醒家中的先生，把車開出來，再帶到我們安全抵達目的地，不計任何報酬。

我還記得那個深夜，這位好心又美麗的臺中女子，一直踱步在電話裡說服先生：「拜託，什麼不方便的，人家女孩子從香港大老遠跑來，人生地不熟，時間這麼晚了又不安全。人家很需要幫助好不好！你哪裡不方便了，不要睡覺啦，現在就開車過來！」

臺灣人的真誠可愛，讓那一年深陷灰色心情的我們深深感動，繼而被空氣中觸手可及、到處彌漫的濃濃人情味醫治好、最後被嚴重寵溺。我們一度產生了不如讓旅行一直進行下去，不要再回香港的幻想。

其中的日月潭一站，更是讓我留下了深刻印象。

六月的臺灣正是梅雨天氣，我們到日月潭是星期六的下午，下著暴雨。

一家家酒店全部客滿。我們於是嘗試去遊客服務中心尋求幫忙。志工非常熱心，一個個電話接著打，但一家家旅店都是沒有回音。

下午四點半。霧氣環繞的神秘日月潭更為我們的行程添加了不確定性。我們焦慮又無奈。

志工在這時問我們，介意路途比較遠嗎，要不要試一試遠一點的一家？

沒有選擇的我們只能點點頭。電話接通了。那頭的老闆娘，竟然爽快地回答有客房。怯怯的我們，看著手中不多的錢，竟然在連選擇都沒有的情況之下，試著還價。

老闆娘也居然一口答應了。一切進行地如此順利，讓我有點始料不及。

志工說，半小時之後他才正式下班，讓我們先逛逛。他安排開車送我們過去。

上車之後，他首先帶我們去了第一個景點，再接著第二個景點，再接著第三個景點，一路上加以詳細的講解。剛開始的一兩個景點還熱熱鬧鬧地有很多旅客，接下來的幾個景點竟然人流越來越少，地方越來越偏僻。

天色漸漸黯淡，夜幕即將籠罩大地。我們雖然一行兩人，但一切的未知還是讓人懼怕。熱心的志工則意猶未盡，他認為好不容易來一次，最好把這些景點都逛一逛。

我們鼓起勇氣分享自己的疑慮。志工明白之後，立即改變了行程直奔目的地。幾天的相處之後才知道，志工姓蔡，是個很熱心的植物研究專家。當天真的只是一片好心，帶我們去只能自駕才能看得到的美景。

這是一家民宿。一進門就有種家的感覺。我們一連在外奔波好幾天、在平價酒店裡沒有怎麼睡過覺的我們感到置身天堂。

屋子裡空間感十足，佈置得溫馨別緻。剛卸下行李不久，老闆娘就熱情邀請我們，去參加新任村長就職典禮，體會當地的文化。在短暫的村長發言之後，慶祝的鞭炮響了很長時間。全體村民一起慶祝，熱熱鬧鬧。據莉莉說，很像「放羊的星星」裡的場景。

老闆娘說禮畢。現在邀請我們去吃村民們準備的自助餐。所有和我們見面的村民，雖然不認識我們，都露出友好的微笑，叫我們多吃一點，不要客氣。我從小在類似樸素鄉村長大。我想起了久違的一望無際的綠色田野風景，勾起了年少那些淡忘了的和小朋友在田裡互相追逐的記憶。

這一天的旅程，僅僅在短短三個小時內，可以從地獄跨到天堂。我們從急得好像在熱鍋上的螞蟻，到安全到達一個安全、舒服的棲息地，還可以如此融入當地文化，我們覺得如非親身體驗，否則難以置信。

因為連日下雨，老闆娘擔心我們的衣服受潮而影響旅遊的興致，就特意在我們的房間裡放了一台抽濕機，一整晚為我們除濕。我們晚上聽著雨聲，睡得很香。第二天早上拿著乾淨清爽的衣服，吃著老闆娘用心準備的早餐，我們感動到了極點。

志工蔡先生還帶著我們去參觀當地特色的百年古厝，介紹三合院的設計構造，以及介紹臺灣黑熊等等。

隨著畢業旅行落下帷幕，我們必須踏上歸程。我和莉莉心照不宣，沉默不語。

在我第一次置身臺灣時，有個想法總是在盤旋：「我還會來這裡，這裡的東西我還會看到。」但又很快否決，說服自己，不要發白日夢為好。

之後的好幾年，我補上了畢業旅行沒有去過的目的地，例如九份、彰化和臺南等等。人生也像是一次旅行，我很幸運地之後有另一半接替莉莉，陪我看臺灣最美的風景和最好的人。

而我人生中的重要時刻，例如旅遊結婚地、蜜月旅行地全部選擇了臺灣。每次來臺灣都讓我精神滿滿、大快朵頤、不虛此行。

無論之後有多少次，永遠讓我印象深刻的，還是當初窮得連飯都吃不起、一個小吃就得撐一整天、鬱鬱不得志的情況下和莉莉到訪臺灣。霧氣升騰仿似仙境的日月潭、高雄海港旁邊白色郵輪響起的嗚嗚號角聲、高山上聳入雲端的白色燈塔、海邊一望無際的綠色大草原、夜晚騎著小綿羊從耳邊呼呼飄過的墾丁晚風，那些令人心動、觸人心炫的開始，所謂一眼萬年，應該不過如此吧。

在此，容許我再次感謝莉莉。她在我最需要陪伴的時候，像天使一樣來到我身邊，給了我最美好的回憶。

在日本工作時，有次和在地翻譯分享臺灣的旅遊經歷，優雅的她，笑眯眯地點點頭說：

「是呀，我的臺灣旅行也是如此讓人愉悅和難忘。真是讓人懷念呀。我也在安排下次什麼時候再去臺灣呢。」

第七章

臺灣人在香港：你家的先生和我家的先生可能是同一個廠家出品？

她的先生和我的先生都是這種酷酷痞痞的類型。大家也榮幸地多了一個共同的街頭體驗：被警察截下來查身份證。

臺北和香港的飛行距離只有一個小時左右，有人戲稱，這比搭乘港鐵從港島到新界的時間都要短。

我有緣和一位臺北女孩小 J 在香港共事了幾年。我們有聊聊為什麼對方會來到香港。在我看來，臺北人的身份按理在臺灣哪裡都會發光，不用背井離鄉。

原來她是因為愛情。她哥哥喜歡打電動。有一次他哥哥的「機友」（打電動的網友）從香港來他家寄宿，她就這樣認識了這個香港男孩。

她認為年輕就需要多闖蕩，而臺北的工資和香港比起來無甚優勢。既然已經在一起，就以結婚為由遷到香港。

小J並非一時衝動。只是知道香港法律可以給她保障。萬一不合適，基於香港婚姻法，分居兩年自動視為離婚。他們相愛，但如果不幸發生這種情況，這個結果只是帶他們回到原點，雙方也沒有損失。

而臺灣的法律非常不同，無論實際分居時間多久，只要一天擺爛不簽字，雙方都必須捆綁在一起。

說到這裡，原來臺港澳的身份證各具特色。香港的身份證有名字和號碼；澳門的身份證除了這些，還有身高和簽名；而臺灣，竟然有婚姻狀態和居住位址。

那些在香港隱婚多年、連最厲害的狗仔隊都沒有八卦材料的明星，如果在臺灣，應該馬上沒戲了。

臺灣的升學壓力也非常巨大。臺灣的大學和學科，水準能夠接受國際認可的算是鳳毛麟角。所以臺灣望子成龍、望女成鳳的家長，都是削尖了腦袋，把子女送進名校或者去外國留學。

由於非常反感被安排前程，與父母談判不果的她，決定離開臺北，以求得一時風平浪靜。

雖然小J比我小，但我們竟然都是看港產片和古惑仔長大的。偶爾，香港地的街頭會看到幾個神似鄭伊健的香港男生。

巧合的是，她的先生和我的先生都是這種酷酷痞痞的類型。大家也榮幸地多了一個共同的街頭體驗：被警察截下來查身份證。

我們聊起的時候，為對方覺得好氣又好笑。誰都想天生就是俊男美女，不想看起來就是個壞人。

讓我們意外也欣賞的是，接觸了不久，發現兩位男士在狂放不羈的外表下，其實非常斯文有禮，甚至略顯老實。這種外表和內在巨大的反差萌，又讓我們忍不住開懷大笑。

話說小 J 剛到香港的時候，有次她被嚇了一大跳。

小 J 住的是唐樓（只有樓梯，沒有電梯的住宅）。她先生走得比較快，已經走到上一層了，她走得沒那麼快，才剛到樓下，準備上樓。

就在這時，她突然被警察重重包圍。原來有很多警察在她樓下埋伏，準備抓樓上的古惑仔。

警察圍著小 J，用粵語問：「小姐，你認不認識前面那個人？」

小 J 一下子驚呆了。在臺灣文化裡，辦案人員很有威嚴，也不能隨便亂講話。她一見到這架勢，緊張得說不出話來。

警察看到小 J 嚇得沒有反應，思忖她可能不會粵語，於是改用國語問：「你和前面那個人是不是一夥的？你有沒有房間鑰匙？有的話，我們要你幫忙開門，上去抓那個壞人！」

驚慌失措的小 J，一開始真的誤以為先生暗中做了什麼壞事，後來才知道是只是因為先生看起來像是個壞人，引起一場誤會，這個大烏龍，把她笑到直不起腰。

大家和另一半的相處雖然開心，但也面對不少文化融合的難題。臺灣的讀書風氣比香港濃厚。而在香港，學歷並不是那麼重要，更看重的是工作經驗和個人能力。所以小 J 和我一樣，面對著如何向父母解釋，一位在傳統父母的角度看來，學歷不高的男孩，為什麼可以值得託付的難題。

說到底，「可憐天下父母心」是華語圈共同的文化現象。

小 J 非常聰明，什麼工作上手都非常快。她非常習慣香港的快節奏。談起有什麼不適應的，風趣幽默的她，直指香港欠缺的是人情味：

「我同意香港是個很安全的城市。人情味也不匱乏。但是如果比起濃濃的人情味和熱心腸，作為一個在臺灣生活了二十多年的地道臺灣人，我一定會選擇臺灣。臺灣的人情味是濃的化不開、別處找不到的、獨一無二的美。」

第八章

工作簽證上篇：離開者的不甘、憤怒和失望

無論我們行走的軀殼是怎樣，我們的外表都是用眼淚鋪出來的假裝堅強。

我們持有的香港簽證，為了保障我們可以順利入境香港，是每兩年都要續期的；而同時，離港回鄉時，也必須向當地政府提交香港政府給予的最新限期，以便當地政府發出證件的最新日期是和香港政府一致的。

兩地的續期的節奏不一致。地方政府文件的有效期限有時是一年、兩年或者三年。無論需不需要離港都好，兩邊的證件都必須辦好，所以，我們每一年都要跑不同的有關單位、奉上幾百大洋、花上幾天的時間續簽和重新照相。

提交給政府單位的正式照片，通常需要同時提供數碼檔和實體照片。每次只會用上一張，但拍照服務往往包含多張，結果每年都會剩下一堆用不到的照片，最後還得想辦法處理掉。

如果因為工作或者私人原因暫時離港，未有正式身份之前，一定要帶齊五六種不同證件。有的證件有效期橫跨了前一本和最新的一本。沒有了前一本的參考，只持有最新的一本，海關人員也不會放行。必須回家拿回來互相比對，才可以獲準出境。我就有因為僅僅少帶了一本，而耽誤行程的親身經歷。

手持簽證的煩惱不止這一種。有一次離港，到達的目的地的工作人員需要我出示身份證。我從包裡拿出來厚厚的一堆證件，在短時間內，還沒有想到應該出示哪一張證件。

等了良久的工作人員戲謔道：「你到底是有多少張身份證？」

他的話語，讓我感覺自己是一個賣證件的。心裡也覺得苦，唯有尷尬而不失禮貌地微笑著。

而上述這些持有工作簽證的不便，和延續簽證這件事複雜度來對比，簡直是小巫見大巫。

延續簽證的流程其實相當簡單，交齊材料給入境處，等待一到兩個月即可。

但來到實際操作層面上，問題來了。第一，誰會免費無償地為了一個普通員工提供這些材料？這些材料大部分不是普通材料。很多牽涉到商業和企業內部機密。而如果把這些敏感材料交到一個職場新丁或者職場價值不高的人的手上，又或者巨細無遺地展示給政府入境處慢慢研究，有多少香港公司願意花時間細心研究流程，並且不介意無條件、無償地為一位普通員工犧牲？

需知，隱私二字是根植在每個人心中的香港文化。交出來這些重要的商業資料，和勇敢在旺角裸奔基本上沒有什麼兩樣。

舉個例子，他們是否願意冒這個風險——為了讓這位新加入的員工留下來，而坦誠公開公司內部的薪資結構？包括從執行長到清潔阿姨的薪水，全都讓他知道。

第二，即使有香港公司帶有天使光環，願意無償這樣做，他們的人資又是否願意，在接下來幾個月裡，不斷配合政府，提供申請者的相關資料，並回應各項調查，證明申請內容是否屬實、是否有虛構造假？

第三，這一家香港公司還要向政府解釋，為什麼這個職位，本地員工不符合，必須捨近求遠選擇一位水土不服的員工在香港任職。

假設以上的條件全部符合，這家如聖母般、萬中無一的本地企業，迎接它的殘酷現實和殘忍結果卻是：這位員工的流失的風險比本地員工遠高。因為他很大可能不是在香港長大，對香港沒有多少牽掛和情感連結，並可能隨時為了更好的機會跳槽或者離港，另作打算。

與之相反，選擇本地員工， 程序簡單、溝通方便。完美避開了以上所有麻煩。本地員工對香港有天生的歸屬感和依附感，而且比較長情，只要沒有太大變動或不滿，不會輕易跳槽。

可想而知，我們這類背景的求職者，對方一聽到工作簽證幾個字，最多的反應就是，先對我們客客氣氣的，然後說出門右邊是電梯，好走不送。

畢業季是離港高峰期；之後續簽大潮一次又一次殺到，仍能堅持的所剩無幾。香港保險公司都比較願意協助取得工作簽證。但問題是，來香港深造的學生，不是每位都想投身保險業。

我曾在同一家公司遇到和我一樣有簽證煩惱的女孩。因為得知公司只想拖延，而無心幫我們續約，我選擇了離開，她選擇了留下。結果，因為續簽不成功，她只能黯然離港。火熱的夏天，冰凍的心情。離別的那天，她沒有通知我，沒有讓我送行，也沒有留下任何聯繫方式給我，像一滴水一樣回到了大海。

第二次續簽，我和一位同校男生抱團取暖。續簽前的一個月，我們交流了一次。因為他的合約橫跨了續簽期，他對續簽持相當樂觀的態度。根據香港的合同精神，公司不可能輕易毀約。他怎樣都會安安全全地度過。這個男生粵語是母語，如果不知就裡，一看起來就是一位香港人。

誰知就在續簽的前幾天，他開始瘋狂地打電話給我。原來公司營運不景，突然宣佈裁員。他被立即解雇了。在這個節骨眼上，我隔著電話都感覺到了他的驚慌失措、不甘、憤怒和失望：

「Vicky，你這次一定要幫我。沒有你我完蛋了！

公司給我賠償金。但是我要的，不是錢，是簽證！我很努力解釋給公司聽，用了很多力氣，但公司的回應還是說：不！可！以！

我對公司抗議過他們的做法很沒有商業道德，以及影響我的個人前途。因為公司喪失合約精神和商業道德的操作，我必須這幾天內打包走人了！

我以後都不能再來香港了！我在香港四年了，我真的很喜歡香港！我想留下！我真的想留下！前面好幾次續簽都安全度過了，這次只差最後一次續簽而已！最後一次！臨門一腳，才來給我壞事！

四年的青春！我不想再次回到香港，重新從第一年開始算！我們是粵語人，到哪裡只有香港給我帶來滿滿的安全感和歸屬感！我從小大、真的從小到大的夢想，就是有一天來香港，有一天感受一下，在我從小就想來的城市，一直工作生活下去。是的，四年前，我來了，我也以為這個夢快要實現了，現在我才猛然發現一切只是黃粱一夢！

我真的只想留下而已！這麼簡單！為什麼不讓我留下！

我沒有做錯什麼事，為什麼公司要無端解雇我？我有向公司不停控訴，但公司所有人都無動於衷！

你看看可不可以幫我和你老闆談談，問他要人嗎？

如果他說不要，也沒有關係。因為我可以出錢！是的，老闆沒有任何損失，還可以賺錢！這是個只賺錢不賠錢的賣賣！只要他同意，價錢他出多少都可以！我只有一個條件，僅僅一個條件！就是肯幫我延續簽證！

如果事成，我甚至可以出錢給你做仲介費。我要的，只是需要你幫我開口，僅僅試一試問一下，僅此而已！我不在乎結果！

我真的長這麼大了，從來沒有求過人。這次算我求求你了，你幫我試一下好不好，就試一下！」

在最高峰的那天，我收到了他十九個電話。

我不知道我是否是他的救命稻草，但我自己本身也是泥菩薩過江，自身難保。我覺得很愧疚難過，但是無能為力。

續簽期過後，那個帶著黑框眼鏡、酷酷的像張敬軒的男生就從我的世界消失了。他的電話號碼顯示已經沒有用戶登記。

我仍然記得和他第一次見面。在一個陽光燦爛的一天，在圖書館。書卷味濃厚的他，一派高冷酷酷的樣子在書架裡穿行，流利的粵語，好像自帶光環，讓人不敢接近。

原來，無論我們行走的軀殼是怎樣，我們的外表都是用眼淚鋪出來的假裝堅強。生活的重擊對每個人都是公平、不留情甚至是無比殘酷的。

（個人點評：男生的情況令人非常同情和惋惜。純粹從個人角度表態，我對該企業的操作，法律上雖不違規，但事實上罔顧福祉、並對前員工的精神狀態造成嚴重困擾的失德行為表示譴責。

據我所知，買賣工作簽證在香港是不符法律規定的行為，並可能涉及欺詐的成分。如有疑慮，建議向香港的事務律師和相關政府單位查詢專業意見。）

第九章

工作簽證下篇：是詛咒也是祝福。謝謝老天偏愛，我反而收穫了新零工？

我寧願戰死，也不想坐著等死。

上篇講到延續工作簽證的考驗對於沒有無背景、沒有家底、沒有關係的普通人尤其殘酷。在這一章，我分享一下我個人的續簽之路，僅供參考。如果你也身處香港，並有延續簽證的煩惱，希望我的個人經驗對你有一點點幫助。

首先讓我們面對一個現實：留下來的朋友，十之有九從事的是保險公司的銷售服務。我沒有巧舌如簧的口才，也沒有富貴朋友的支持。如果你對保險事業充滿熱情並準備全情投入，保險公司的資產富可敵國，一定可以為有志人士提供任何支援，簽證問題可以安枕無憂。以下的分享可以完全跳過。

有一次，我在紅磡地鐵站偶遇了一位保險行業師兄。當時職場空白期的我，需要一些職業的建議。他在現場給了我一個測驗：隨機找十個人詢問時間。我照著做了。做了之後，真的覺得自己變得有點不怕生了。

師兄說保險行業有很多系統的訓練，讓人改變自己內向的天性。但我想應該和所有行業一樣，汰弱留強。

以下正式是關於續簽的個人經驗分享篇：

距離續簽死線還有八個月。

我得到了人生第一份、也是在香港的第一份全職工作。興奮的勁頭過去，我很快察覺自己面臨的風險，就是這份全職工作似乎與續簽完全扯不上任何關係。

公司不僅對續簽的問題，長期漠視和零回音。即使基本如我的工作合約這個小事，似乎都遲遲不能提供。每次查詢，就是一個「拖」字：

「哦，今天把你的合約放在老闆的案頭了。老闆有空就會簽。」

「今天催過老闆了。你知道老闆非常忙的。他說會再看看，儘快簽下來。」

「真的，老闆也知道你等很久了。因為非常不好意思，今天馬上就簽給你。」

我只是一個小小的基層文員，這份工作大概也是整個架構中最基礎、最不具挑戰性的職位。

但說好的合同，還是若即若離。如此這般拖了四個月。結果不要說合同了，連紙片都沒有看到。

我開始以為工作努力一點就可以改變這個結果。於是晚晚工作到深夜十點、十一點，一週六天全日制，還把工作帶回家。在此之前，我十分清楚，這家公司和大部分香港公司一樣，任何超時工作等於無償勞動。

公司是一家知名的世界級跨國大公司，財力雄厚，外表風光。而內部卻隱憂處處，管理不善。管理層架構複雜，更迭頻繁，深陷後院失火每天救火的困境。

我沒有超人的內褲可以穿在外面。我只知道事實擺在眼前，就是一份僱傭合同都這麼難得到老闆的親筆簽字，指望公司續簽簡直難如登天。

找到願意聘請非本地員工的全職工作，很難；找到一份突破萬難肯協助延續簽證的公司，難上加難。

如果繼續死守在一棵樹上，那真的和考試交白卷沒有什麼區別。我寧願戰死，也不想坐著等死。

我遞交了辭職信。在經理的那句似曾相識的「我們在研究簽證了，我們真的在研究了，只是你給我們一點時間，我承諾一定給你。」的託辭下，我又加入了求職大軍。

距離續簽死線還有四個月。

和上次用了半年才覓得第一份工作的記錄相比，我因為工作經驗和粵語能力的累積，變得有底氣了許多。當然，被人刁難的情況同樣少不了。

因為自帶簽證問題的拖累，有興趣安排面試的企業寥寥無幾。即使有面試的機會，我只能用白菜價和公司拉鋸。

即使如此，我還是收到過類似的「極品」評語：「其實做我們這行，是你來學東西，應該付我學費，我給你工資，其實是便宜了你」。

甚至讓我空坐三個小時，姍姍來遲，黑著臉進行面試，又壓根不知道自己在面試什麼職位，馬上出去叫救兵、換人上的無心面試官。

但為了那一絲一毫的希望，我不會放棄任何努力。因為一無所有的我，沒有任何東西可以失去。

經過兩個月的消耗和拉鋸戰，我的盤纏又用得差不多。房租馬上就要繳付了。借錢度日的黑暗時刻好像很快又要重臨。

距離續簽死線還有六十天。

我收到了一次面試的邀請。但這家單位非常奇怪。招聘公司的名稱和公司的實際名稱、業務範圍等等完全不同。這種做法非常少有。所有證據表明，這家公司很大可能是一家有名無實的空殼公司，但我始終不明白，他們為何要刻意營造出這樣的形象。

我仗著公司的位置在中上環，這個比較正常的商業區域，壯著膽子衝上去。

由於當天有其他面試安排，我事先聯絡了這家公司改動了時間。他們的態度不僅非常好，還好像任何時間，只要方便我，老闆都可以和我見面的樣子。

遇上這種情況，只有兩個可能性：第一，這家公司的老闆真的很好；第二，有情況，願者上鉤。面試者似乎都留意到了相同的問題，沒有人願意像我一樣冒險一試。

我按約好的時間，即下午六點鐘出現。我推開會議室的門。沒有等門完全打開看清裡面的人，我竟然在這時，聽到了我在香港求職歷史上的第一句地道國語：

「晚上好呀，Vicky，你終於來啦。」

這句普普通通的國語，在那個因為奔波了一天而略顯疲憊的晚上，無比親切、無比神奇地打開了我的心。我很詫異，也很驚喜。

如果求職像買彩票，那我真的中獎了。真正的情況是少之又少的第一種：老闆真的很好人。

老闆是新加坡人。名字是 Kelvin。他有幾位生意拍檔。他的其中一位拍檔在上環的這家金融公司。他最近和新的拍檔，一位美籍華人成立了離岸公司。這就是為什麼公司名稱不一樣的事實。

作為非本地人，他非常明白我的處境。我也聽到了這麼久以來，用人單位的第一句大實話：

「Vicky，我們很信任你。這個信任不是空泛的表態，而是基於我觀察到的事實。首先，雖然你的工作經驗不多，但是你學校的成績單上全部都是 A。這在我們新加坡的學校，也是非常少有的。你是一個認真的好學生，我也相信你畢業了，繼續會是一位負責的好員工；

其次，我和你有相似的背景。我們都明白，在香港打拼不容易。你只靠一個人能夠堅持到現在，這個事實也證明你的能力。

請你理解，我們公司也是剛成立，我的簽證情況和你的簽證情況也不太相同。我太太是香港人，我不需要續簽。所以我的情況不能直接套用在你身上。

我需要時間摸索你的情況是怎樣的。我雖然不得要領，但我會盡力。我知道你的情況緊急，會儘快給你一個交代。

簽證的事情我們先放在一邊，眼下新公司方面很需要你，我們一邊做一邊等。」

距離續簽死線只有三十天。

由於已經有一份全職在手，新的面試的時間安排非常困難。我只能指望 Kelvin 這邊真的有奇蹟出現。

炎熱的夏天讓我心急如焚，但也無可奈何。如果續簽真的是場戰鬥，我也決定接受最後的賽果。

距離續簽死線只有十五天。

最後關頭，不知道是否一路跌跌撞撞的我，終於在這時得到幸運女神的垂青，迎來了一絲轉機。

雖然從第一家就職的公司已經離職半年， 但我有位客人對我兢兢業業的態度留有印象，於是引薦我到一家「真」本地初創公司面試。

因為我是首批雇員，雖然沒有簽證類型可以參考，但一個根本的的差異是，老闆願意把所有機密資料交給我處理，並授權讓我自行跟進簽證處理事宜。

我公司所有的同事都非常好，主管 Alan 在簽證準備上給了我很大的幫助；行銷主管 Mary 也很關心我的情況。在幾天的時間內已經很快把需要的資料找齊、並匯整到我手上，完成了提交程序。

距離續簽死線只剩四十八小時。

我即使儘早提交了所有材料，也不知道如果真的沒有回音的話，自己是不是合法居留。我的心跳得咚咚響。我當時的男朋友，也就是現在的先生，看出來我的擔心。

他則好像從來沒有擔心過，持一副「天塌下來就當被子蓋著」的樂天態度。他邀請我出去散散心。

名為散心，實則他把死黨、在入境處擔任入境高級主任的朋友請過來，用私人方式告訴我，其實提交了申請，就是等於案子在處理；而案子在處理的話，就等於暫時不會被否決，也意味著可以正大光明地合法居留。

界定非法居留的標準，就是以正式收到入境處的拒絕信為準。我現在的情況則是處於等結果的狀態，完全不等於非法居留。

平時很難接觸到的高級政府官員，竟然可以來到面前，親自進行解釋。發生的一切，讓我感到很神奇，我也擁有了前所未有的安心。

距離續簽死線僅有十二小時。

早上十一點，行銷主管 Mary 親自撥通了入境處的電話，幫我跟進。我站在房門外等候電話結束，身體因為緊張，而止不住顫抖。同時，我也因為她的關心也感動到差不多淚崩。她掛斷電話後，告訴我無需太擔心，入境處那邊原來需要多一點時間核實一下。

距離續簽死線的最後八小時。

那天對我而言，是個大奇跡日。盛夏午後的陽光熱情地、無孔不入地灑進來辦公室的所有房間，陽光反射在玻璃上，到處好像發著金光。

下午四點，忐忑不安的我，終於收到了入境處的電話，通知獲批。

入境處貼心地在電話裡表示，因為知道我比較擔心，所以這個電話僅是預先的口頭通知。今天的辦公時間很快結束，我也不需要因為特意趕來而浪費寶貴的時間，我可以另行安排第二天再來辦理新的證件。

在這一天到來之前，我甚至做好心理預備，早早回家，準備行李，和所有人說再見。

在這之前的六月底， 當簽證事情尚未為明朗、我也在一直等消息的時候，之前的老闆 Kelvin 有次帶我出去見客人。

他很喜歡搭乘紅色的士過海。那天，平時熱情的他，突然全程保持沉默。經過紅磡過海隧道的時候，他突然打破了車廂裡的平靜：

「Vicky，我要說聲抱歉。這個月我浪費了你的時間。你簽證的事情我真的幫不到忙。我本來真的想嘗試。但是你知道，我們這家新公司沒有什麼員工，我什麼事都要親手做。我用了一個月，在老闆圈也托了很多人問，每個老闆都告訴我，他們也不得要領。我努力了，也嘗試了。我現在終於認清了這個事實。就是：

我真的沒有可能，在這麼短的時間，幫你探索到任何有效的方法，並且快速辦得到這個事情。你看看會不會趁著還有半個月的時間，試試其他公司還有沒有機會。」

其實剛巧，在和 Kelvin 一起上車之前，我的手機剛剛收到被本地初創公司聘用的消息。我帶著一半欣喜，一半遺憾地說：

「老闆你言重了。我看得出來，你真的很用心幫我。我十分感謝遇上你。身處異鄉，你是第一個和我說國語、讓我感到十分親切、人還這麼好的老闆。

其實我剛剛得到另一間公司聘用的消息，也想著怎樣找個合適的機會告訴你；既然我們聊起了，現在應該是最好的機會吧。天下沒有不散的筵席，或者我們是時候要說再見了。」

對話在空氣裡停了幾秒。我聽到 Kelvin 頓了頓，很快整理好自己說：

「那我真的由衷為你感到開心，也預先祝福你這次的簽證不像在我手上一樣，處理得這麼差。這個事情一定能馬到功成。

知道沒有因為我這部分，而耽誤你，我也感到十分釋懷。

其實我們也不一定現在就要說再見。對了，你的新工作忙嗎？你有興趣做兼職嗎？」

是的。那天，我搭上了過海的紅色的士。上車前我剛獲得一份全職工作；下車的時候，我再收穫了一份兼職。

第十章

拍拖可以這樣拍嗎？
你有想過可能和另一半同一棟大樓上下班？

這就是人間煙火裡，平凡的故事最開心的結局吧。

香港電影《志明和春嬌》，在北京發展的志明，借著以下在香港的生活經歷，向春嬌表達想重修舊好的心意：

「不知道為什麼，北京有這麼多好吃又名貴的食物，我卻沒有食指大動的衝動。

對我而言，我能想到的最好的食物，還是附近的七十一便利店可以買到的、非常普通的香腸雞蛋公仔麵。

其實這個麵很便宜，也很鹹，不健康也不太好吃。但是時不時地，你就是很想念這種味道。」

來港的頭一兩年，我不停地有以下困惑：

「為什麼我想和大家說粵語，但是大家都不和我說粵語？」

「為什麼我知道工作中使用的粵語，一到閒聊的時候，嘴巴怎麼都張不開？」

「為什麼我能夠聽懂大家在說什麼，但是大家聽不懂我在講什麼？」

就在我困惑之時，我的第二位天使，就是我當時的男友，即現在的先生，來到我身邊。

他首先不由分說地二十四小時給我製造了粵語語境。即使晚上躺在床上休息，中途醒來，耳邊總會自動響起粵語的對白聲。

我開始的時候，想著在公司天天泡八小時的粵語環境，怎麼會不夠。結果聽得越多，越發現自己不會的越多，就越學越起勁。

經過一個月這樣高強度的魔鬼訓練，我的語言思維基本上告別了國語優先的模式，完全融入到全粵語的環境。

我們兩個人居住和上班的地點都不一樣。和其他普通情侶一樣，關係就靠平時講個電話，週末出來走走來維繫。

來港的第三年，公司因為架構重組，需要搬遷辦公室。我得知新辦公室所處的大樓，原來和先生所在的公司是同一棟，我開心得不得了。

隔著電話，我也感覺到先生雀躍的心情。在我第一天出發的時候，他不停和我確認：「你知道路怎麼走嗎？需要我陪你一起走嗎？」

之後的每一天上下班，我們都一起走同樣的路線。午飯的時候，他預先叫好我喜歡的飯菜等著我。我的幸福感又開始爆棚。

在港的日子雖然開始不算短，但有種技能我怎麼學都學不來。香港人似乎每個人都是一個自動信號收集站。身邊的風吹草動，會馬上得悉，並一覽眼底。我的先生也不例外。很快，我的身邊就多了個公司情報採集員：

「哇，今天你們家可愛的小妹子，是男朋友開車送她上班的哦。」

「你們的銷售好富貴，搭的士從西貢出發來公司上班哦。」

我也不知道他用什麼方法收集到這些情報的，也不知道，這些資訊收集來有什麼用。唯有拾人牙慧，拿出網路名句來招架：「其實你講這麼多，你有沒有想過我想不想知道？」

這些似乎沒有主題的閒聊，就像一碗普通的香腸雞蛋公仔麵一樣，沒有任何營養；但是少了它，似乎就缺失了一種地道港式滋味。

周星馳的電影在過去三四十年，經典的橋段還是會被人一次又一次提起。這種可自娛自樂、可集體狂歡的文化精髓已經根植在每個香港人的 DNA 裡。

而這種神髓，就好像一碗老火湯，得來只能用文火慢攻。如果硬搬或者心急，只能是東施效顰。

我們的辦公地點身處傳統工業大廈區。它們的外表，就和香港人一樣，看似普通，其實大有乾坤，來頭非常「猛」。

一進入大廈，窄窄的過道、老舊細小又吱呀吱呀的升降機、周圍轟隆隆的鏟車，讓人感覺非常有年代感。

而如果你得知，原來電影《無間道》的製作公司就在樓上、每個打工人都有一套的職場服飾品牌 G2000 的總部就在頂層、連鎖大型化妝品牌的總部就設在此處，你會不會刷新對它的看法？

雖然這個寶地雲集很多走出國際的大品牌，但它隱藏著甚少人知、無比親民的草根福利。由於靠近原產地或者製造地，所有在華麗櫃檯展示的最新潮流單品，竟然能夠在特賣場以特價提前入手。當然，我的先生又是搜集這些獨家資訊的背後功臣。

工業區和市中心地理距離遙遠。我每天通勤的時間約為一個多小時。

有一次先生必須加班。而按時下班的我，回家愕然地發現，家中所有的電器都沒有電。我試了很多方法，都不知道哪裡出了錯。

黑夜很快要降臨，房間裡的我快被黑暗重重籠罩。

香港號稱供電穩定率 99.99%。難道那天晚上，我就是七百萬香港人中，罕有的 0.01% 嗎？

我唯有打擾正在加班的先生。先生耐心地聽完，只是應答了一句：

「好，我知道了。你等我過來。」

我想著如果先生加完班，也應該是深夜時分，加上約一個小時的通勤時間，不知在黑暗中還要等待多久。

只有十分鐘的時間，我聽到鑰匙轉動門開的聲音。先生就像黑夜裡的一道光，立刻出現在我面前。

接著，他立刻動手檢查。進屋不到十秒，房間重現光明。

我張大雙眼，難以置信地看著眼前發生的事情。我好奇地問：

「請問你是搭直升飛機過來的嗎？」

先生被逗笑了。他首先說，有關我的事就是急事，加班就是小事而已；第二，香港有種出名的交通工具，甚至比直升飛機還快，它的名字是「亡命小巴」。

我想香港男生的吸引力就是這種反差吧。有時默不作聲，有時又風趣無比；你不會聽到很多花言巧語，但是需要的時候又無比可靠；有時看起來又傻又天真，其實會很多生存小技巧，你還不知道他到底有多少本領等你需要的時候拿出來。

基於我迫切想領略「亡命小巴」的風采，第二天先生帶著我乘搭了一次。小巴飛快地在高樓大廈裡穿行，好像大海裡一條金黃色的飛魚。盛夏的大地遍地鋪滿夕陽的餘暉。金色的大橋下魚鱗一樣閃閃發光的波浪此起彼伏。轉瞬間，就帶我們從遺世獨立的工業區來到熙熙攘攘的人間煙火地。

我第一次神奇地感受到：結束一天的工作回到家中，原來時間尚早。夕陽還在天邊等我作別，美好的一天原來還沒有正式畫上休止符。

我終於知道了為什麼《志明和春嬌》拍了好幾輯，志明和春嬌還是兜兜轉轉最終走在一起。

生活不在別處，不在未知裡；生活就發生在當下，每天熟悉的人和熟悉的場景裡。

如此戲劇的生活進行了一年。直至先生所在的公司發生架構重組而宣告結束。當時我也因為白菜價的薪水在通脹高漲的香港無法生存、別無他法而必須選擇出走。

那段時間，空氣裡都有告別的氣氛。我們平時中午聚餐的餐廳也傷感地寫上「東主榮休，謝謝支持」。

先生離開的時間比我遲一個月。我離開的那天，他如常送我到樓下的分岔路口。我們一反常態，互相沉默不語。而我離開之後，他只能一個人，去走我們一起走過的路，去看兩個人曾經一起看過的風景。

到了分叉路口的街頭，他首先打破沉默：

「我手上還有工作沒有完成，真的只能送到這裡為止了。」

我默默的點點頭，拼命地縮回眼中的淚水，開始邁步往前走。

走了幾步，突然聽到他朝著我身後大喊：

「記住！離開了，向前走，不要回頭！」

我知道這是先生用他獨有方式，給我的未來送上祝福。表面上沉默的我，內心的苦痛和煎熬，朝夕相處的先生看得一清二楚。

我和過去四年的自己說再見。我不肯定我的職場下一站是不是幸福終點站；但只要先生在旁邊，那就一定是。

我想，這就是人間煙火裡，平凡的故事最開心的結局吧。

第十一章

餐廳包場、電影院包場你可能聽過，考試包場你有聽過嗎？

我心裡想著，周星馳的電影情節應該都不會這麼寫吧？

作為一個有濃濃粵語氣氛的地方，我很驚訝香港竟然在我初來乍到時，不提供任何官方層面認可的粵語考試。2016 年，粵語考試制度才在千呼萬喚之下推出市場，並開始得到大眾關注。

設立後每年參加這個考試的人僅僅幾百個。在粵語母語環境下，會粵語的人不用或者不屑參加測試；完全不會的人，又沒有興趣參加這個測試。即使參加了、成績通過對升職加薪也沒有絲毫的促進。可想而知，實施這個制度是有多困難。

我的先生是一位非常稱職的粵語老師。任何不準的咬字或者音調都逃不過他靈敏的耳朵。有時我也以我並非母語使用者為藉口，想打個馬虎眼就含糊過去。當看到認真如明星李幸倪，一位馬來西亞來港、像我一樣完全粵語零基礎的人，可以把粵語說得完全沒有口音之餘，還覺得不夠，而專程去香港中文大學繼續進修粵語，我佩服地五體投地。

作為語言學習者，如果沒有經過考試的洗禮，好像整個學習過程就不完整。在香港停留的日子愈久，愈想彌補這種遺憾。

這種感覺，就類似結婚很久的夫婦，即使深愛對方，太太也可能想有個機會，測試一下她在先生心目中，到底是有多重要。

香港不大，任何芝麻綠豆大的事情都可能上電視。我有次從電視上得知，考試的報名期已經開始，一個月後就會進行考試。我預計應該有時間準備。於是，我上官方網站登記好並付費。網站的資訊顯示，過一段時間，會有一封新郵件，另行通知我考試的日期和安排。

接下來的重心，我放在了準備考試的環節上。這個叫做「粵音朗讀測試」的網站，提供了我見過的最齊全的粵語學習資料。所有的字都一個不漏地標上粵語拼音。我每天抽時間閱讀一小段。

我信心很大，以為自己穩操勝券。一篇文章才朗讀一兩次，就自信滿滿地嘗試在先生面前表演。誰知，語氣、咬字、音調等等都被批評得體無完膚。

我意識到自己輕敵了。開始朗讀八、九次之後再進行表演。雖然流暢度提升了很多，但是自然度和連貫度還是不夠火候。粵語的高低強弱的變化幅度相當小，即使有強烈意識想要修正，但國語的抑揚頓挫，好像還是不自覺得發生作用。

舉個例子，如果我們聽一聽機器的發音，其實大致沒問題，發音甚至非常準確。但總是感覺哪裡不自然。

撇除以上提到的幾點，還有一個巨大的挑戰。粵語的發音非常獨特。國語並不注重尾音，但是來到粵語的情形，尾音部分則變得相當重要。其中一個例子就是入聲字。比如「吸入」（kap1 jap6），後面的「p」音和英文的發音方法一樣，是一個不發音但需要有嘴型輔助的清輔音。這對在地粵語人來說，已經再自然不過的動作；而對於外來學習者來說，如果不進行系統的學習、再進行有意識的重複加強，很容易忽視這個看似微小但是重要的細節。

再比如我們每天都可能少不了搭地鐵，但是「地鐵站」的「站」（zaam6）如果來考非母語者，應該不會有多少人合格。甚少人知道這個字的尾音一定需要閉起嘴巴，才會是正確的發音。其他類似的例子比如「感覺」的「感」（gam2）、「淡」（damm6）、「尷」（gaam3）都是如此。

備考的時間過得很快。開考一個星期前，我才意識到自己好像沒有等到任何關於考試具體安排的消息。無論電子方式和傳統方式，我都沒有得到任何通知。

而這家機構提供的官方聯絡方式，是沒有電話號碼、只能找到 Gmail 這個看似比較私人的電子郵寄地址。開考日期前兩天，我本著「死馬當活馬醫」的精神，給這個郵箱位址寫了一封信。不出意外，我沒有收到回覆。

雖然有很多疑慮，但眼下我沒有任何方式可以採取進一步的行動。考試當天的上午，無任何考試安排資料在手的我，唯有棄考。我如常出門口處理其他事情。出門前，我的電話響了，接聽之後發現是廣告電話，我就不以為意，繼續行程。

處理好再回家的時間已經是當天下午兩點。我發現手機竟然早上十一點有人打過來並留下口信，讓我中午十二點準時參加考試。

我惱怒非常。二話不說，憑著這個剛剛獲得的、僅有的聯繫方式，打回去控訴所有安排欠考慮。

出乎意外，接聽的女士非常有涵養，她平靜地聽完之後，承諾會幫我安排補考。

經過了幾輪的交流，我得到了補考的安排和日期。全程幫我跟進的，是一位下款為劉博士的女士。為了相同的情況不再上演，劉博士安排考試當天事先和我會合，再共同步入考場。

當天考試的全過程頗有戲劇性。

首先，平時一向準時無比不誤點的港鐵，竟然在我出行的、反人流高峰期臨時壞車。職員把車站關閉。我則必須臨時轉到另外一條比較迂迴的線路才能到達目的地。

如果遲到的話，這次會不會因為我自身的原因，而導致再次錯過呢？我懷著忐忑的心情向劉博士發電郵，更新我這邊的路程狀況。電郵才發出一分鐘，我就收到劉博士快速而親切的郵件：

「慢慢來，港鐵的壞車狀況我也剛剛知悉。注意安全。到了再聯繫。」

還好在一路拔足狂奔下，最終沒有誤點。我也終於見到了從第一次主動聯繫我、再到一直電郵協助我的劉博士。出乎意外地，她看起來年紀非常小，穿著打扮都相當入時。

其次，在步行往考場的路途上，我從劉博士那裡得知，這是一場僅僅為了我一個人而安排的考試。也就是說，我有專屬的主考官、一人用的偌大考場、專屬我的考試時間。

劉博士強調這並非慣例，只是考慮到我本次的特殊情況。在香港高物價高人工的現實下，僅僅為了一個補考的考生，特意撥出人手物力財力作此安排，我為之前的魯莽和無禮，感到十分愧疚，也對劉博士和粵音朗讀測試團隊的貼心安排滿懷感激。

我們入座了。劉博士放了一份考試測試版在我的面前，讓我放輕鬆，先習慣一下節奏和環境。我嘗試輕輕讀出來。而如此靜謐的環境和偌大的空間下，我竟然聽到了我自己的回音。

就當劉博士問我是否正式準備好、馬上按下錄音鍵開始時，極具戲劇化效果的一幕最終上演。突然好像有人洞悉了這一切一般，巨大的廣播聲掐準了這一秒響徹整個教室：

「各部門注意！各部門注意！現在進行消防演習廣播！現在進行消防演習廣播！本廣播會一直重複，直到演習完成為止！請大家保持鎮定，不要驚慌！」

我心裡想著，周星馳的電影情節應該都不會這麼寫吧？言談之間一向鎮定的劉博士，竟然在這一秒，明顯感覺到方寸大亂。

智慧如劉博士都招架不住，這個情況反而讓我徹頭徹尾地冷靜下來。在巨大的背景雜音干擾下，我輕聲靠近劉博士的方向，提出建議：

「不如，我們暫時停一停，等這次廣播結束再試一試？」

劉博士點點頭表示贊同。就在我們重新冷靜下來，廣播聲又突然神奇地中止了。我們二人就頗有默契地一個開始錄音，另一個開始朗讀。而這次進展非常地順利，沒有任何聲音再進行中途干擾。

考試就這樣順利結束。幾個星期後，我收到考試成績。四個級別甲乙丙丁中，我獲得了「乙級」。相應的語言能力描述是：

「發音準確度可以接受，相當接近母語者的口音，按照篇章朗讀時僅有個別錯漏，而且頗為流暢。」

聽說對粵語母語者而言，能夠拿到甲級都是鳳毛麟角，有的甚至拿到丙級。所以，我想這個結果，算是對過去的學習歷程有個滿意的交代了。

在此，容許我真誠向「粵音朗讀測試」的專業團隊致謝。他們不僅默默地為所有有志學習粵語的人士提供免費的優質教材和專業的考試安排，還十分具人情味，破例提供本次難忘的考試經歷。

第十二章

香港出名效率高，而我的找工作奇遇，等了半年才等到下回分解？不相信職場有真摯友誼，鐵石心腸的我竟然也被感動了？

多少人曾在你生命中來了又還 / 可知一生有你我都陪在你身邊

延續第十章的內容，因為生存壓力，我又一次加入了求職大軍。

如果我有其他的選擇，我想我定不會一次又一次挑戰未知，再押上續簽風險、昂貴的生存成本以及隨時因不可控的風險而出局的賭注。沒有含著銀湯匙來到這個世界，只能一次次把自己歸零後再重新開始。

這次我預留處理下一次續簽的時間相當充足。如果不出我所料，接下來我面對的應該是「選擇做什麼工作」的問題，而不再是「有沒有工作」的問題。

雖然如此，現實還是刮了我狠狠的一巴。離職後的第一個星期，雖然順利地找到工作，但我遇上了我想像不到「人間最極品」的雇主。雖然入職前有蛛絲馬跡，由於簽證的隱憂，我擔心不知道何時機會重臨，我決定冒險一試。

這是我最錯誤的選擇。看起來外表正常的一個人，第一天的工作卻讓我遭遇了在香港想像不到的對待：密室禁錮、人身攻擊、言語侮辱⋯⋯等等，一天都沒有消停過。我沒有為我的勞動獲得一分錢薪水的同時，還被無端指責；因為無關痛癢的東西而需要做出昂貴賠償。雖然我身體上沒有受到任何傷痕，我的心靈卻遭受了巨大的恐嚇和折磨。

而這位雇主非香港本地人。他並沒有因為大家背景相似而心生憐憫，而是極度高傲無禮、冷酷無情。被禁錮的時候，感謝我舊有公司的人資，熱心腸地為我免費提供僱傭條例方面的專業意見。這個法盲雖然不承認自己的非法行為，但還是最終悻悻地收手。我用了很久時間才從這個噩夢中離開。

之後，我變得無比謹慎。挑選公司的背景也更加斟酌一番。也因為這種過於謹慎的態度，鬧出了不少笑話。第二個星期我收到了另一個面試邀請。這家公司正規得多。我和老闆言談甚歡，但是因為我對行內知識一竅不通，老闆直爽地告訴我，並不會考慮我。

結果第二天，我竟然收到錄取通知。我覺得不對勁，還特意打回給人資進行確認，看看是否把我和其他候選人搞錯了。人資對我的質疑反應很大，並說這個決定是經過老闆親自批准，百分百確認是我沒錯。

求職可以把我帶到地獄，也可以把我帶到天堂；僅僅兩個星期內就成功覓得一份、甚至比兢兢業業四年都更好的工作，這個結果出乎我意料。

更加不可思議地，在第二個星期我參加了兩個重要的面試。在第一個面試，我得到了一份新兼職，成為一家美籍華人主理的補習社一員。裡面藏龍臥虎，讓我大開眼界。

而第二個面試，則是最具戲劇性、最印象深刻和改寫我後來的職業道路的重要經歷。

我想這些奇跡，只能在香港，這個步調如此極速並囊括多國精英的城市發生。

人資和我約定的面試時間是上午十點。那天的交通特別順利，我早二十分鐘已經到了現場。我想著為免做不速之客，先離門口站得遠遠的，等差不多到時間再按門鈴。

就在這時候，門突然開了。有位男士走了出來。由於我們的距離隔了差不多半個走廊，我一邊挨著牆，一邊假裝若無其事地看著其他地方，還心心念：

「你不會看到我，你不會看到我。快點判斷我不是來你公司面試的、快點判斷我不是來你公司面試的，然後回去好好的，什麼事都沒有發生。」

這位男士也一如我所願，回頭轉向自己公司方向走去。但就在走到門口的那一刻，他突然停下來，想起了什麼，然後突然回頭，徑直朝我走來。

偌大的走廊只有我和他兩個人。在他完成了一半的距離時，我立馬直起了腰，抖了抖身子，站好恭候。

「小姐，你是約了十點鐘來面試的嗎？」他十分謙恭有禮地問到。

我見怎麼都逃不過了，就點了點頭。我心裡有點詫異，在想他好像不是我的接頭人。他做了個「跟我來」的動作，開始帶我走。

辦公室的設置非常特別。第一步走到第一間小房，再邁了第二步、拐了九十度到第二間房、最後邁了兩步，再拐九十度到了第三間房的門口。

才幾步之遙，已經這麼多機關，我心裡想著這家公司好神秘好特別。男士在最後一間房門口停下來，找了許久鑰匙。轉動後推開門，裡面黑暗一片。開燈後，我發現不同之前兩間非常狹小，這間空間巨大。但似乎是昨天才搬進來一樣，所有東西都隨心得到處擺放。

男士在這時終於停下了腳步，似乎也思忖著究竟坐哪裡比較好。最後找了一處勉強配有兩張凳子，前方可容一個身位的桌子道：

「好了。你現在就在這兒坐著吧。我們儘快過來開始面試。」

我道謝並坐下。關門聲響起之後，周圍一片靜謐。我環顧這個奇怪的場地，好像除了亂糟糟，並沒有什麼特別。窗外就是九龍公園，隱隱約約還聽到火烈鳥一聲聲嘶叫的聲音。我沒有心情欣賞窗外的美景。但看到男士只準備了一張凳子，心裡覺得輕鬆了很多。我就開始默默讀著自己準備的內容。

門很快又開了。一位外國男士充滿自信地快步走了進來。他一身精英氣場，操著地道的紐約腔。用詞無比準確又好像機關槍一樣掃射出來。我心中大吃一驚，唯有拼命控制自己，按著自己自然的步調來回應。

面試很快就結束了。我出門一看表，竟然只是十點零一刻。我猝不及防。在香港，越快越沒戲。我一回到家，就馬上投入下一次面試的準備中。

兩天之後，我收到了接頭人的電郵，問我這次是否方便另行在指定的某酒店大堂進行面試。

由於我身邊的朋友也接觸過來港大展鴻圖的外國企業，並提及過因為公司太新，酒店面試是一個再正常不過的安排，我於是欣然接受了邀請。

這次又多了一位外國面試官。在正式面試開始前，發生了個小插曲。就在大家準備邁步向前走時，一位熱情的華人走來拉著新面試官不放，並不停地說了很多中文。他唯有面帶微笑尋求我的幫助，我於是把內容複述了一次。

他帶著燦爛的笑容向我致謝。之後很快完成了這一輪面試。

之後，我才知道這兩位就是集團行政長和集團主席。過後的好幾年，都非常難得可以再單獨或者一起見到。

這兩次的面試就這樣告一段落。隨著我在另一家公司的全職工作順利入職、一份新兼職加一份舊兼職緊鑼密鼓的情況下，我很快在忙碌中忘記了這個事情。根據香港的人資步調，一周無回覆，那結果自然是不言而喻。

在香港，什麼都好像按下了加速器。半年後的九月中旬，在金鐘發生了大型事件，改變了很多人的人生軌跡。迫於網路壓力和人際關係劇變，我任職的兩家公司在這幾月間，都發生了重組甚至賣盤的情況。

就在我猶豫不決時，我的郵箱收到了新的電郵。一位新的接頭人，叫 Charles 的男士問我：

「嗨，半年前的面試過去了，請問你還好嗎？還需要一份工作嗎？」

我心裡說，需要！當然需要！十分需要！

但即使我個人意願非常強烈，面試安排的時間也非常難。當時的工作安排密不透風，除了週末的少量時間，其他時間基本上沒有可能。

即使認為自己會輸，我還是抱著試一試的心態問：

「可以安排週末嗎？我明白週日可能不太好，要不週六行嗎？」

送出郵件的時候，我還在笑話我自己。這個問題無論答「對」或者「否」，結果都不好。「對」的話，即代表這份工作一週六天工作；那按我現在的工作強度根本不能接；而「否」的話，就是等於把整個對話帶到了原點，所有的事情好像沒有發生。

結果 Charles 非常親切，他竟然說：

「週六週日都行，這個週日我正巧有些事情做，這個週六行嗎？」

我還記得那天的面試，Charles 坐在我面前。他的藍色眼睛明亮又有神，一邊說話，一邊帶著喜悅的眼神看著我。這次同樣只是進行了十分鐘：

「我覺得你的資歷非常好。我會和兩位老闆報告說：你是最佳人選。」

那天，那個令人愉悅的談話，那種輕鬆自如的氣氛，一直刻在我的腦海裡。

從第一次求職需要半年；第二次需要兩個月；第三次需要兩週；這一次，我創造了我個人的求職歷史，無縫轉接。

之後 Charles 雖然主力在總部支援，但我們一直保持聯繫，互相陪伴大家度過重要的人生階段。這份工作一直維持了十年四個月，直至 2025 年 3 月我正式離開。

在這十年間，Charles 雖然甚少機會再和我見面，也並非我的直屬主管，但一直源源不斷地給與了很多精神和工作上的支援。我也從他身上獲益良多。

有人說，離開了一家公司，同事不會再做朋友。我想我遇到 Charles，應該是最幸運的意外吧。

從公司離開的當晚，我收到這樣一封信：

「Vicky，看到你離開，我是如此傷心。

我當初是如此幸運，能夠遇到你。如果有機會重臨香港，我希望重遇你。我希望我可以一直看到，之前還在襁褓裡的你的孩子，一直成長，直到像我們一樣，成為一個合格的大人。

十年有多了。但在我的心中，你還是那天在咖啡館坐在我面前，我們初初相遇的樣子。」

我淚崩了許久許久。腦海裡想起了這首二十年前的經典畢業歌：《一生有你》：

因為夢見你離開 / 我從哭泣中醒來

看夜風吹過窗臺 / 你能否感受我的愛

等到老去那一天 / 你是否還在我身邊

看那些誓言謊言 / 隨往事慢慢飄散

多少人曾愛慕你年輕時的容顏 / 可知誰願承受歲月無情的變遷

多少人曾在你生命中來了又還 / 可知一生有你我都陪在你身邊

第十三章

大熔爐的香港：我們都是華人面孔，都說著中文，但同桌的卻是新加坡人、美國華僑、馬來西亞人、澳門人？

屬於香港這個城市獨有的情意結，已經以它的方式，不知不覺種在了我心上。

如果讓我找三個字來代表香港，我一定會選擇：「大熔爐」。

有人曾經這樣形容美國的興起歷史：「只有兩百年短暫歷史的美國，因為各地移民的迅速湧入，思想的頻繁交流和碰撞，而形成一個文化大熔爐，讓美國迅速崛起。」

香港的官方語言是粵語和英語。但在實際應用層面，香港是一個包容性相當大的城市，存在相當多使用中的其他語言。

例如大家稱之為華語的國語 / 普通話，雖然使用地域不同，若有緣聚首，共同的語言會讓大家更容易建立溝通的紐帶，也更有向心力。

就在我第一天來到跨國公司就職，和各位同事在同一張桌子用餐時，我才發現，在僅僅五、六個人的小餐桌上，雲集了不同背景的華人：美籍華人、越南人、馬來西亞人、新加坡人、澳門人等等。大家濟濟一堂，溝通暢通無阻。

我為之深深觸動。我相信我的個人體驗僅僅是香港大熔爐下的小縮影。這也證明「國際大都會」的稱號真的名不虛傳。

馬來西亞人似乎是最喜歡香港的一群。殖民地背景相同、語言相同、粵語電視的覆蓋率高，讓在港的馬來西亞人增加了很多在地保護色。明星李幸倪就是其中的佼佼者。

「我真希望我是香港人」，我的一位馬來西亞客人和我們閒聊時這樣說。我們非常好奇。她家庭條件優渥、馬來西亞又經濟發達，按常理她應該更加喜歡馬來西亞才對。

她繼續說道：「馬來西亞根本和香港沒法比。舉個簡單的例子，我們乘搭公車的時候非常小心，因為需要擔心有小偷。你不要以為不是真的，我自己曾經是受害者。但是在香港，你不用理會這種小事，因為根本不會有小偷。」

當時馬來西亞「第二家園計劃」甚為流行，這位在地馬來西亞人的獨特觀點，打開了我們的視野，讓我們嘖嘖稱奇之餘，又重新審視熟悉的香港。

「在我居住的地方，炫富是一種相當危險的行為，」一位印尼華人這麼說：「被人嫉妒是小事，你可能會因為炫耀而導致有人身危險。但在香港，你可以盡情帶著昂貴的手錶，在最熙熙攘攘的街道放心穿行。沒人因為它的貴重而特別加以注視，也不會擔心人身安全問題。但是如果我回到家，它只能蒙塵，放在保險箱裡。」

而至於第九章提及過從新加坡來港營商的 Kelvin，其實他粵語英語和華語相當精通。他沒有解釋過為什麼主要用華語和我溝通。後來我領教到他有如機關槍掃射般的英語和粵語，默認他的華語選擇是我們之間最適合的溝通語言。

新加坡也是國際知名大都市，也是很多香港人嚮往的移民地。那是什麼讓他放棄故土，來到香港？原來除了愛情之外，新加坡的法律法規非常嚴格，言行舉止都要受相當的拘束。更讓他頭疼的是，因為他是高收入人士，他需要繳付相當大比重的稅收給當地政府。而在香港，稅收的比重沒有那麼高，他營運公司的壓力相對來說也比新加坡輕很多。

另外，他也考慮到下一代在新加坡的教育問題。新加坡是強制徵兵制。當兵的三、五年佔用了最寶貴的青春年華。而香港不存在徵兵制。年輕人可以有更多的時間為自己的事業奮鬥。

Kelvin 的拍檔是一位美籍華人。他來自美國傳統富商家庭。因為相信亞洲會是經濟增長的新源頭，他在深圳開設了工廠、菲律賓增設了遠端辦公室，香港則有成熟的法律法規團隊幫他專業地管理商業王國。

「我很喜歡在香港生活，」美籍華人說道：「美國太大，到哪裡都必須以車代步。開車耗時很久。長時間開車，下車就到目的地，疲累的身軀，根本不會有安排時間去做運動的興致，長此以來就胖了一大圈。香港的車位要不太少，要不太小，買車沒有位置停放，開車幾分鐘就到了目的地，生活久了你就必須習慣用走的。走多了，人會瘦。生活方式也變得健康。」

香港的大熔爐環境，不只是在廣東道上光鮮亮麗的奢侈品牌櫥窗裡，不只是在衣香鬢影的高級時尚圈裡，不只是在五星級酒店米其林三星的餐單裡；它就像在普通超級市場售賣的金寶雞湯，高度濃縮、物美價廉、觸手可及；它就像在週末西洋菜南街車道上熙熙攘攘的人群裡，不時吸引你駐足停留、並開心和陌生人一起大合唱的精彩平民表演。

有一次初春時分，和同事們一起到北京出差。盛夏雖未殺到，氣溫卻升到攝氏三十多度。大汗淋漓的我們，從會場好不容易找到路走出來，想要搭地鐵卻發現步行距離最短的竟然也要二十分鐘；公共交通工具除了地鐵外，其他的竟然沒有冷氣；塞車途中，司機竟然打開車門在馬路上踱步，我們突然很想念香港。

我們想念香港的士裡充足的冷氣；我們想念香港只是幾步之遙的地鐵站；我們想念即使塞車塞得再厲害，也保持專業克制的香港司機。

用電影《志明和春嬌》的話來說，香港之於身在異地的我們，就是一碗隨時在便利店為你準備好、熟悉的香腸雞蛋公仔麵。

晚上的北京後海，此起彼伏響起了駐唱歌手的歌聲。一首接一首的最新曲目，初時讓我們覺得新奇，繼而左顧右盼，開始拿起手機打發時間。昏暗的光線下，手機螢幕的光影射在了我們一張張疲憊的臉孔上。

突然，一陣熟悉的前奏開始響起，大家好像中了集體魔法，紛紛抬起頭，似乎共同等待著什麼。終於確定是經典曲目《海闊天空》之後，我們一起放下了手機，非常沉醉地晃動著身體，音樂的拍子和我們的心在這個陌生的城市一起和應。

歌手用不標準的粵語開始吟唱，這無阻我們無比沉醉的興致。我們輕輕哼著，等到歌曲的高潮部分來到，連平時最文靜的同事，都開始高聲合唱。

偌大的酒吧只有我們幾個，如此瘋狂，如此投入，我們的尖叫聲甚至引起了歌手好奇的目光。

在那一刻，我才發現，屬於香港這個城市獨有的情意結，已經以它的方式，不知不覺種在了我心上。

第十四章

我沒想到這份工作竟然讓我做十年，也沒想到，宅女也可變成空中飛人、別人家的老闆也可以變成了我的人生導師？

我們一直向前跑，看似原地踏步，但其實更廣闊的空間一直等著我們。

我十分享受在跨國公司的工作。這份工作我投入了十年四個月，直到本書成型的時間才離開。

和之前的本地公司不同，跨國公司有不少出差機會提供給員工。和同事交流後才知道，原來不止我一個，在此之前，沒有去過公幹的目的地。

作為一名媽媽，到達目的地時聽到孩子在電話裡哭鬧不休，內心還是充滿掙扎與不捨。

但帶給我更多的，是與當地人互動之後，再回看熟悉的居住地香港，多了一些心得和感悟。

香港的士司機的服務，時不時地被推上新聞話題。我在香港的乘搭體驗卻一直非常良好，沒有遭遇過拒載。我遇到的的士司機大部分都是能言善道的本地司機。

就在我來到新加坡繁榮的會議中心，用手機 App 叫來一輛車時，接載我的是一名少數族裔司機。我想著同為國際大都市，專業服務應該不分族裔，於是我選擇了上車。

剛剛坐下，司機旋即用英文詢問目的地。這個問題好像並不特別，我就如實告之。

結果換來兩個字：「下車」。我以為聽錯，於是讓司機再重複一次。

司機用不耐煩的態度，冷冰冰重複之後，還加了一句：

「我約了其他客人。」

這個舉動讓我感到相當困惑，又不得不服從。附近的華人職員見到我的情形頗為奇怪，就友好地問我發生什麼事。他安慰我道：「新加坡是這樣的。很多少數族裔的人不會講華語，所以見到華人乘客就掉頭走，找藉口打發。」

而在和香港有天然文化連接的馬來西亞，我驚覺原來華人才是這裡的少數族別。馬來西亞的確和香港非常類似：粵語的包容力、多種族聚集、商業大廈林立。我驚訝地發現，這裡的每位華人都好像有三頭六臂，同時經營幾家公司，甚具企業家風範。

「沒辦法，我們也不想。如果你選擇打工，在馬來西亞你會餓死。」我的客人說。

我們第一次選擇的酒店，入口設有安檢。由於其他國家的酒店也有類似設施，我們不以為意。當地人卻說：

「馬來西亞只有這家酒店才有安檢。二十年前發生過開槍的政治事件，從那以後，安檢就成了這家酒店的慣例。」

當我第一次來到另一個香港人的後花園城市曼谷，看著市中心高低不平的窄路、三兩步就能遇到隨地而坐的乞丐、以及大搖大擺在鬧市盡情覓食的碩鼠，這一幕幕讓我驚覺：或許，這只是我眼中才覺得突兀的風景。。

泰國翻譯是個對政治相當熱衷的年輕人。他期望日後加入政府，發展政治事業。剛剛畢業的他有兩個選擇：第一個是在市場上謀得一份能養活自己的工作，之後再做打算；第二個是繼續深造。由於泰國的就業市場，自上世紀金融危機後，經濟沒有起色，年輕人的工資普遍不高，生存是個難題。他決定選擇後者，繼續深造，以更高的學歷，藉以開啟自己的政途。

至於印尼雅加達，我們來到的當天是一個綿綿不絕的下雨天。下午五點還能見到日光，我們鑽進熱情的當地客人為我們準備的車，啟程前往酒店。我們一開始歡聲笑語，期待即將來臨的行程。漸漸地話題逐漸枯竭，車廂內慢慢沉寂，我們在昏暗光線下看著窗外的風景打發時間。車子走走停停，行人穿著人字拖在機動車道上穿梭，街道上時不時地泛起積水。

才六七點光景，街道已經完全被黑暗吞噬。轉了一個街道，再到下一個街道，全部是一片黑暗，只能靠汽車的車頭燈照明。

直到深夜十一點，我們終於疲累地鑽出麵包車，到達酒店。

不知道你是否和我一樣，曾經羨慕公幹機會，以為就像免費旅行。

當轉任跨國公司之後，最高峰時期，平均一個星期出一次差。上個星期來過機場，下個星期又回到原點再出發，在家停留的時間沒兩三天。頻繁而高強度的工作，有的只是對旅程的麻木，當中大部分能想到做到的，就是抓緊所有旅程的時間，儘快把繁重的工作，努力完成。

工作的盡頭是工作，出差的盡頭是下一次一個人再拿起行李箱。自己好像是籠子裡的倉鼠，很努力地向前跑，但又一直被困在了原地。

這時，有一位隔壁公司的老闆開始留意到我。因為機緣，我們十年前已經是點頭之交。他絲毫沒有老闆的架子，時不時會看看我的近況是否良好。

看到我似乎在職業困滯期感到惆悵，在五月櫻花還未凋謝的東京街頭，他邀請我一起去居酒屋坐一坐。

我們有點類似員工和老闆，但多年的交情更像是相知多年溫暖的朋友。他和我分享行內軼事，回想那些有趣的過往，我們一邊小酌清酒，一邊暢談歡笑。

在沁人心脾的晚風裡，我們步出銀座中央大街。寬闊的道路上雲集了東京的潮流年輕男女和全球各地慕名而來的遊客。映照在那些層層堆疊、專門展示同一品牌的知名旗艦店上，空間感十足，氣勢非凡，有如十條香港廣東道在此連接。

老闆這時說：「Vicky，你要看到，這才是我們身處的現實世界。我們一直向前跑，看似原地踏步，但其實更廣闊的空間一直等著我們。那些慕名而來的遊客，專程過來朝聖；而我們一步之遙，已經看到如斯震撼的夜景。」

那晚，想是熙熙攘攘的東京街頭吹來的晚風，治癒了我內心的千瘡百孔。

第十五章

每個人都有來香港的理由，
而我的理由，等了十年才知道劇情被反轉了？

如果說在過去的十六年裡，在這麼多香港秘密為我準備的一個個彩蛋當中，挑選一個最大最滿意的，我想我會毫不猶豫地選這個彩蛋。

初到臺灣，我很驚訝地發現原來臺灣人有時會吐槽臺灣；初到香港，我也非常驚愕地發現香港人也會說很不喜歡香港。初初帶著局外人的不解。進而發現，這種感覺，就類似你身邊那個整天滿腹牢騷、每天抱怨說辭職、結果一做就是二十年，成了最長情的老員工；又或者在一個家庭裡，對自己身邊的「衰婆」、「衰佬」、「衰仔」、「衰女包」的劣根性雖然知根知底，但很快又用老火靚湯寵溺他們的家人。

大抵華語地區同文同語，風氣也類似。很有趣地，當我在澳門公幹時，和平的澳門人也來向我投訴澳門就是巴掌小的地方、光芒全部被香港遮擋了之類。

但下一秒，可愛的澳門人會詢問你最喜歡的食物是什麼，並且建議你不要去遊客區，花高價卻吃不到好味道；再等幾分鐘，他就會把你喜歡的食物帶到你眼前，和你分享他從小吃到大的隱世美食。

我想華人文化，還是偏向委婉和簡約。有人這樣形容拿到香港永久居留權的重要人生一刻：

「你在這個城市，日日夜夜，慢慢停留，慢慢熟悉。就在領證的那一刻，你以為這會是你對香港的真情告白日。但原來領證的條件，不用考你對香港的歷史是否明瞭、不用宣稱你將來是否準備對香港做出貢獻、不用握拳放在胸口表示向香港區旗表示效忠、不需要學會唱整首的《獅子山下》。只需要幾分鐘內照相、在 2 號窗拿好證，就可以步出西九龍政府合署的門口。僅僅在幾分鐘裡，就已經完成了你人生的重要身份轉變。」

香港是如此包容新和舊、潮流和傳統、平民和精緻的城市。這裡的每個香港人都是美食老饕，每個香港人都把公德心和守望相助的精神寫在骨髓裡。原來，極致的摩登不是對潮流單品疊床架屋；極致的文明不是只把窮人圈養在貧窮區裡被隱形；極致的管理不是每天變著花樣、從單一管道發出來的權力出口術。厲害的人不是真的有三頭六臂，極度的發達是讓一切變得簡單和觸手可及。

如果要問我，在一個貧窮的地方最怕的是什麼，我想答案大抵是大家避之不及的疾病，尤其是那些讓人聞風喪膽的疾病。如果不幸和這些疾病扯上關係，歧視、隔離、排斥等等就會接踵而來，求學或者求職道路也會比一般人坎坷得多。

我曾經就是其中一員。我們每年都會做身體測試。困於資訊的不流通，我隱約知道自己的身體可能有不受歡迎的隱疾。不過幸運地，我所有的家庭成員絲毫不介意，在整個成長階段給我很大的包容。

就在我懵懵懂懂來到大學，這個未來社會的縮影版，我開始被直面衝擊。聽過類似的話語:「我希望我沒有遇過你」，那一刻，我的心被狠狠撞了一下。

未開悟之前，我對自己的要求是：「過得去，不用通知家長就好」；當發現我的前景堪憂的時候，我的目標就變成：「我要早日長出翅膀，自由飛翔。」。

於是，接回第一章所述的機緣，我來到了香港。

一開始，我從來沒有想過在香港落地生根。我只是暫時想找到一個蝸牛殼棲身，不想那麼快讓自己又面對殘酷的現實。我不知道結果，也有想過自己像一葉浮萍，輾轉又會和身邊的朋友們一樣打回頭。

香港有很多優點。但之於我，最吸引的，就是 99.99% 的香港公司，入職不用體檢，也不打聽你的家庭背景。這就是為什麼僅僅用了一個星期就可以完成從面試到順利入職的原因。這種簡單到極致的操作，讓我驚為天人。也讓我知道，原來減省了這麼多細枝末節，世界本來就很簡單。

這種「香港的生存戰很殘酷，但我的另一個選擇更加殘酷」的想法，一直支撐我留下。

如果上述只是我個人的片面看法，接下來的專業操作簡直是誤人子弟。

香港的保險業非常興盛。剛剛踏足職場的我，接觸了一位即將做大型手術的同事。鑒於她的個人經驗，她建議我趁著年輕就買一份保險，並會介紹一位保險經紀給我。她告訴我大可以放心，因為介紹的是一位做了二十年的老牌經紀。

我覺得可以一試。和經紀見了一面之後，他說會再提供建議書給我。

之後，我就沒有見過這位經紀。他的秘書則開始全程幫我跟進。當然，在跟進前，他也特意致電給我，為秘書的專業操守背書。

我們很快來到簽約的部分。秘書問有什麼身體隱疾需要申報。雖然我沒有十足的把握，但本著她聲稱的保險業「最高誠信原則」的精神提供。她很是讚賞。之後就為我安排了身體檢查。

檢查和出報告的時間隔了一個星期。報告還沒有到手上，這位秘書特意打電話給我，說她為了釐清我一直以來的疑慮，特別去找負責我個案的醫生跟進確認。

她致電的原因就是解釋這份即將來到我手頭上的報告，書面結果雖然為「不是」，但事實為「是」，而且得到了醫生的口頭承認。

為了杜絕我有可能私下和醫生探討此事，她持著認真的腔調說，我可以選擇重新做一次更加詳細的測試，不過成本會更加昂貴，而這個昂貴的成本是因為我個人的特別要求，將會轉嫁到我身上。

最後，她用自己的專業背書：「我處理過這麼多客人，結果都一樣。不會錯。」

當中最重要的內容就是——保費因此會大幅調升。

幾天後，這個報告真的如期到我手上。當時我信任經紀的專業判斷，那封信放在房間裡一直沒有拆開。之後也如期繳交保費。

兩年過後，我因為搬家，需要先生過來幫忙。先生看到那封陳年未拆的信，雖然他早已知道這個故事，還是不由得心生奇怪。在我授權下，他拆開了這封信。看完他置評道：

「我並非保險業內部人員，我也並不是英文十級；但還原基本步，一份檢測報告的功用，就是為了提供正式檢測結果究竟為

『是』或者『非』。『是』就是百分百的『是』；『非』就是百分百的『非』；如果不肯定，報告就會打百分比。你再看看這封信有沒有不妥？」

我回想檢查的步驟，全程我只是見到護士，沒有見過醫生。我也心生疑惑。雖然這份保單我已經繳費兩年，我還是立刻告訴保險經紀，我不會再繼續繳下去了。

保險經紀的反應當然非常激烈，不斷拿我的弱點來做文章，我則沒有再理會。

四年之後，我很幸運地成為媽媽。為了媽媽和嬰兒的健康，香港政府免費提供了免費且完善的產前檢查服務，就是為了排除任何潛在的生產風險。

而每次檢查完畢，都會安排專責護士進行專人解釋。當講到我身體報告解釋的部分，她們甚至把坐在我身邊的先生撵出去，說道：

「每個人都有隱私的。先生和老婆之間，也需要隱私。」

雖然關於我的個案方面，先生一早已知悉一切，我還是對護士的專業操作內心大加讚賞。

護士說這次的報告基本沒有什麼特別，所有都是正常。但出於謹慎起見，我們還是需要坐下逐頁逐頁解釋。

我雖然心生疑惑，想這或者是香港人的善意託辭，於是一直專心聽護士講解。護士講到我有疑惑的部分，說一切正常之後，就很快準備翻閱下一頁。

我不由得止住護士：「姑娘，我真的沒有問題？」（香港稱呼護士為「姑娘」）

這次到護士變得困惑。她說：「小姐，『是』就是『是』，『非』就是『非』。報告上面沒有說你有任何問題，我也看不到報告上面說你有任何問題。」

她進而看到我相當困惑的樣子，就建議：「小姐，如果你真的認為報告不夠讓人安心，可以考慮安排私家檢查，謹慎始終是好事。」

當我轉到私家醫生那邊，負責任的醫生說：「香港政府的醫院水準其實相當高，比私家醫院都高。免費的其實是最好的。我不建議你自己付費安排測試。因為其實已經有了定論。當然，如果你個人堅持去做，我們也不會反對。」

為了徹徹底底釐清這件事，我決定付錢做測試。而這次測試完畢後，私家醫院的醫生親自在我面前確認：「一切正常」。

如果說在過去的十六年裡，在這麼多香港秘密為我準備的一個個彩蛋當中，挑選一個最大最滿意的，我想我會毫不猶豫地選這個彩蛋。如果沒有這個機緣，我不會有動力跳出我過去二十多年的舒適圈，不會有動力在香港堅持下去。我會和其他人一樣，選擇原有的舒適城市過完下半生。

這個彩蛋，賜予我一面鏡子，讓我更清楚地觀察到自己、周遭的人和環境。我曾經因為刻意隱瞞隱疾而被人控訴；我為此深感愧疚，決定如果下次遇見愛的人，我不能傷害他。

於是在遇到先生，決定和他正式拍拖時，我用了一天的時間考慮。並且在開口之前，我準備了被拒絕、準備了做回朋友的結局。我心情沉重，等先生回答的那五秒，是我人生最長的五秒。

先生歎了一口氣。就在我做好最壞的準備要離開時，他輕輕說：

「不要想那麼多，無論是誰，都會有一天去那裡的。」

最後，我想以孫燕姿的《遇見》歌詞做結：

我往前飛 飛過一片時間海

我們也曾 在愛情裡受傷害

我看著路 夢的入口有點窄

我遇見你 是最美麗的意外

第十六章（最終章）

回看來時路：感謝家人 陪伴走過

未來雖無常 答案在路上 ——《這條小魚在乎》

如果看過好萊塢電影《2012》，可能對這部科幻大片裡面描繪的末世逃難景象有印象。來到現實，所謂的「末世日」是一個太陽普照、無風無浪的一天。

有無末世，我相信不會公開預告。所有的變故大多是毫無徵兆。

我從小由爺爺一手帶大。2012 年 12 月，我收到了爺爺移居天堂的消息。我茫然地推卻了手中所有的工作，秒速買好票，惶惶恐恐地、機械地邁著腳步踏上回鄉的旅程。

在此之前，我總是一味推脫。我總以忙為藉口，實則以為時間還長、不用慌張，世界會等我。

直到聽到母親在電話裡哭泣的那一刻，我才發現，世界根本不會等你。所謂的工作，其實可以隨時被取代；所謂的重要約會，其實時間沒有那麼緊逼。

那一年開始，直到之後的好多年，午夜夢迴。我也相信爺爺已經化身天上的星星，每天晚上發著明亮和溫暖的光，繼續陪著我。

我的父親是一名服務了幾十載，嚴謹認真、待人溫和的理科老師；我的母親性格善良、踏實勤勞，由 1992 年開始經營一間小書店至今時今日。

父母為了生存， 嘗試了很多種不同的生意。後來似乎經營書店才最受歡迎。我們的基本生活才算上了軌道。

特別的是，書店一開始沒有名字。父親在客人的建議之下，定了一個好名字。然後讓工匠做了一塊牌匾。在一個忙碌到深夜才打烊的一天，父親準備好毛筆，磨好硯，一筆一畫，連呼吸都好像計算過一樣，無比鄭重、無比認真地落筆。

好奇的我一直在旁觀察。怎奈父親對每一次落筆都非常慎重。最後，我還是架不住周公的呼喚，沒等禮畢就已經呼呼大睡。

第二天一大早，紅當當的名字就顯眼地掛出來，書店終於有名字啦！這個變化讓我都分享到一分雀躍感。

經營一家書店並不容易，需要和很多有關單位進行周旋，甚至被人威脅。父親母親從來不會把眼淚灑在人前，也從不會在我們面前抱怨。

他們做的，就是冒著嚴寒酷暑，在有限的人力物力下，把沉重的書本整筐整箱抬起來，而且一抬就是365天，堅持了足足33年。

當他們受到同行的挑釁，他們從來不會在我們面前失態，而是默默地、更加努力地奮鬥。

他們對自己要求無比嚴格，對我們卻無比寬容。雖然我從小無心向學，但在書本圍繞的情況下，都會首選閱讀為自己的娛樂方式。只要是我覺得有興趣的，都來者不拒。我看了全套的漫畫如《叮噹》、《七龍珠》、《IQ 博士》等等。

為了避免嚴格的父親發現我看「公仔書」，我逼使自己用最短的時間從第一本看到最後一本。而其中《七龍珠》因為輯數特別多，我用了三天三夜， 才看完一百二十輯。而這個小秘密，我求學時期一直不敢和父親分享。

在本世紀初，言情小說在青春期的小女孩中間很是流行。但不知為什麼，我翻看了半頁就覺得索然無味。反而很喜歡一本偶然在書架上看到的、描繪婚姻的現實和無奈的小說。才十幾歲的我，似乎已經代入主角的視角，知道了如果婚姻無望，婚外情一定不是個好選擇。

至於愛情中的男和女，我則對張小嫻的小說印象深刻。在她的視角引入下，原來愛一個人，可以不用愛十分，而需要抽出幾分愛自己。

書之於我，是很多拼湊出來的成長記憶；是遇到困惑時的良師；是到哪裡都會提供的滿滿安全感的夥伴。但這個安全堡壘，一直是我的父親和母親大人在後面辛苦支撐。

少年不識愁滋味。未經過現實拷打之前，我對父母親總是諸多投訴，例如從來不說我愛你，從來不安排親子時間等等。那時的我，應該讓父母親大感頭痛又無可奈何。

一個人在陌生城市，有了故事之後，回到家，母親僅僅說了一句：「餓了吧？我煮魚給你吃。媽媽手藝很好的。」，就讓我眼淚迅速決堤。

等到自己做了媽媽，明白入產房就等於去鬼門關走一回，將兒女拉拔長大更加是一場體力和智力的考驗時，我突然明白了什麼叫大愛無言。

2008 年，落地香港的前一年，我參加語言培訓，需要離家十天。當我完成培訓，回到家的時間是二月十日，一個寒冬的凌晨四點。我當時寫道：

「到站時，已是凌晨四點整。我強撐著疲憊的雙眼。媽媽這時打電話來說，爸爸已經在路上了，很快就到。汽車站的外面沒有路燈。我和姐姐雖然完全被黑暗淹沒，但心裡還是有種難言的激動。

當一盞明亮的燈，開始打破黑暗，由遠及近灑在我們面前路上的時候，我驚喜的叫了出來：『爸爸！！！』爸爸愉快的回答了一聲，煞了車，把它停在我們的面前。爸爸把我們兩個人的行李拎上了車。我們三個人就這樣出發回家了。

之前每次回到家的時候，爸爸騎著車，總喜歡把幾歲的小弟放在後面的車廂裡，一邊騎，一邊大聲喊到：『小豬豬上車了！』我覺得那時的爸爸是最可愛的。

爸爸在黑暗中一邊奮力騎著，一邊說：『媽媽聽到你和姐姐回家，一早就醒了，幾歲的小弟更是快樂的睡不著覺！爺爺一直堅持不睡等你們回來，直到凌晨一點才小睡了一回。』

嚴冬的夜風不停吹著，我的身體逐漸冰冷。離家這麼久的我們，現在終於知道，對於家人，我們是百分之百的重要！我們的回來就像是一個巨大的節日！

黑暗的路上冷冷清清，但我們三個人卻一直處在高度興奮之中。爸爸開始不說話，只留給我和姐姐在黑夜裡奮力前行的背影。」

我們以《這條小魚在乎》的歌詞作結吧：

我懂得你啊 你已經足夠堅強

偶爾小緊張 但還好沒有投降

將不安釋放 盡情去做美夢一場

未來雖無常 答案在路上

愛你所愛的 去完成你心之所向

《香港十六年，贈予我的十六個意想不到》

作者｜張芷樺 Vicky
出版者｜速熊文化有限公司
封面設計｜咱辦文創股份有限公司
內頁排版｜咱辦文創股份有限公司
地址｜臺灣臺北市中正區忠孝東路一段 49 巷 17 號 3 樓
電話｜(+886)(02)3393-2500
電郵｜jtsui@booknpub.com
出版日期｜2025 年 07 月
版次｜一版
定價｜港幣 $80 / 臺幣 $304
ISBN 978-626-98817-7-2 (平裝)
eISBN 978-626-98817-6-5 (EPUB)

港澳總經銷｜泛華發行代理有限公司
香港新界將軍澳工業邨駿昌街七號星島新聞集團大廈
電話｜(+852) 2798-2220
臺灣代理經銷｜白象文化事業有限公司
401 臺中市東區和平街 228 巷 44 號
電話｜(+886) (04)2220-8589 傳真｜(+886) (04)2220-8505

法律顧問：誠驊法律事務所 馮如華律師